ねこ浄土

小料理のどか屋 人情帖41

倉阪鬼一郎

時代小説

二見時代小説文庫

JN116093

ねこ浄土——小料理のどか屋人情帖41

目次

ねこ浄土　小料理のどか屋 人情帖41・主な登場人物

時吉《とききち》……のどか屋の主《あるじ》。元は大和梨川藩《やまとなしがわはん》の侍・磯貝徳右衛門《いそがいとくえもん》。長吉屋《ちょうきちや》の花板も務める。

おちよ……のどか屋を切り盛りする時吉の女房。父は時吉の料理の師匠、長吉。

千吉《せんきち》……祖父長吉、父時吉の下で板前修業を積んだ「のどか屋」の二代目。

およう……子育てをしながら「若おかみ」を務める、千吉の女房。

万吉《まんきち》とおひな…千吉とおようの長男長女。

長吉……浅草で「長吉屋」を営む古参の料理人。店の近くに隠居所を構える。

安東満三郎《あんどうみつさぶろう》…隠密仕事をする黒四組《くろよんぐみ》のかしら。甘いものに目がない、のどか屋の常連。

万年平之助《まんねんへいのすけ》…黒四組配下の隠密廻り同心、「幽霊同心」とも呼ばれる。千吉と仲が良い。

青葉清斎《あおばせいさい》……時吉に薬膳の要諦《ようたい》を教えるなど、古くからのどか屋と交流のあった本道(内科)医。

大橋季川《おおはしきせん》……季川は俳号。のどか屋のいちばんの常連、おちよの俳諧の師匠でもある。

筒井堂之進《つついどうのしん》…大和梨川藩主、筒堂出羽守良友《つつどうでわのかみよしとも》がお忍びで町に出るときの名乗り。

目出鯛三《めでたいぞう》……狂歌師。かわら版の文案から料理の指南書までも書く、器用な男。

吉岡春宵《よしおかしゅんしょう》…つまみかんざし作りの傍ら両国早指南《りょうごくはやしなん》などを執筆する元人情本の人気作者。

子之助《ねのすけ》……上野黒門町《うえのくろもんちょう》で「日和屋《ひよりや》」という猫屋を営む男。

源太《げんた》……提灯屋「縁屋《えんや》」の主。のどか屋の猫縁者の一人。

第一章　虹の橋

一

ほんの少し降っただけで、雨はすぐ上がった。

にわかに夏の光が差しこんできた。

弘化《こうか》二年（一八四五）の夏だ。

中食《ちゅうじき》が終わった横山町《よこやまちょう》の小料理のどか屋の横手に、おかみのおちよが出てきた。

「上がりましたね」

若おかみのおようも続く。

「そうね。これから暑くなるかも」

おちよはそう言って、のどか地蔵のほうへ向かった。

小さな祠《ほこら》があり、猫をかたどったお地蔵さまが祀《まつ》られている。のどか屋の守り神だった初代のどかを祀った祠で、近在の人たちも折にふれてお参りに来る。

「はい、お水よ、のどか」

おちよはそう言って、のどか地蔵の前に椀を置いた。

その横のほうには、卒塔婆《そとば》がいくつか据えられている。

同じ茶白の縞《しま》猫の二代目のどかはまだ健在だが、なかには浄土《じょうど》へ行ってしまった猫もいた。

目の青い白猫のゆきはいくたびもお産をして、数々の子を残して大往生を遂げたが、その子で黒猫のしょうはわりかた早くあの世へ行った。生まれてまもなく死んでしまった子猫たちもここで眠っている。

そして……。

まだ木が若い卒塔婆も立っていた。

おようがその前で両手を合わせる。

そこには、こう記されていた。

小太郎《こたろう》

二

小太郎はゆきの子だった。

銀と白と黒。長い毛並みが美しい猫で、のどか屋のみなから愛されていた。

しかし……。

近在の雄猫と大ゲンカをして傷を負ってしまった。その傷口から何か悪いものが入ってしまったのか、みなにかわいがられていた猫は熱を出した末に逝ってしまった。

「あっという間にいけなくなってしまって」

まだ木が若い卒塔婆の前で、おちよが目をしばたたかせた。

「そうですね。猫の医者がいたら、治してくださったかもしれないけれど」

しんみりとした口調で、若おかみのおようが言った。

「人の医者に診せても仕方がないから」

と、おちよ。

「いずれは、猫や犬の病気を診るお医者さんも出るでしょう」

望みもこめて、おようが言った。

「そうなればいいわね」

おちよは感慨深げに答えた。

「きっとなりますよ」

おようが小さくうなずいた。

「みゃあーん」

猫のなき声が響いた。

ふくとろくの兄弟が姿を現わした。二代目のどかの子で、母猫と同じ茶白の縞猫だ。兄のふくは紺色、弟のろくは浅葱《あさぎ》色。首紐の色が違うから見分けがつく。母猫の二代目のどかは朱色だ。

「遊んでるの？」

おちよが声をかけた。

「あ、もう一匹来た」

おようが指さした。

白黒の鉢割れ猫のたびだ。足袋を履いているように見えるところからそう名づけられた。

のどか屋は、一に小料理屋、二に旅籠《はたご》、そして、三は猫屋だと言われるほど昔から猫がいる。小太郎は残念ながら逝ってしまったが、ほかにも、長年のどか屋で愛されて逝ったゆきの生まれ変わりだと言われているこゆきがいた。二代目のどかの子だが、ほかのきょうだいのような茶白の縞猫ではなく、ゆきにそっくりの白猫だ。いちばんの新参者《しんざんもの》だが、猫の成長は早いから、そのうちもうお産をするかもしれない。

「お兄ちゃんたちに遊んでおもらい」

おちよがたびに言った。

「あっ」

おようが声をあげた。

おちよが見る。

「まあ、虹」

のどか屋のおかみが瞬きをした。

雨上がりの空に、くっきりと、虹の橋が現れていた。

「きれいですね」

若おかみが感慨深げに言った。

ここで二代目の千吉《せんきち》がのれんを持って出てきた。

「そろそろ二幕目を」

千吉が言った。

のどか屋では日替わりで中食を出す。それが終わると、短い中休みを経て二幕目に入る。中食はいささかあわただしいが、二幕目はゆっくりと酒肴《しゅこう》を楽しむことができる。

「おまえさま、空に虹が」

おようが指さした。

「えっ」

千吉が見上げる。

「あっ、ほんとだ。……万吉《まんきち》、おひな、出ておいで。空にきれいな虹がかかってるぞ」

見世《みせ》に向かって、千吉は声を張りあげた。

ややあって、三代目の万吉と、小さな看板娘のおひなが出てきた。兄は五つ、妹はまだ三つだ。おひなはこゆきを抱っこして姿を現わした。

「わあ、きれい」

万吉の声が弾んだ。

「こゆきちゃんにも見せてあげて」

おようがおひなに言った。

「うん」

おひなはこゆきを少し持ち上げた。

青い目の猫がきょとんとした顔で見る。

「小太郎お兄ちゃんは、あの虹の橋の向こうへ行ったの。いまごろは、ほかの子たちと一緒に楽しく遊んでるわ」

およう はそう言って目をしばたたかせた。

「こゆきちゃんは、お兄ちゃんと仲が良かったから」

と、おちよ。

「虹の橋の向こうに何があるの？」

万吉が無邪気にたずねた。

「猫たちの浄土があるんだ。そこへ行ったら、もう楽しいことばかりだ」

千吉が笑みを浮かべた。

「小太郎はそこにいるんだね」

わらべが言った。

「そうよ。もう苦しむこともなく……」

そこまで言ったところで、おちよは目もとに指をやった。

「とにかく、入りましょう。そろそろお客さまが見えるので」

おようがうながした。

「あっ、消える」

万吉が空を指さした。

空に浮かんでいた虹の橋は、だんだん薄れ、儚《はかな》く消えていった。

三

二幕目の皮切りの客は、岩本町《いわもとちょう》の御神酒徳利《おみきどっくり》だった。

湯屋のあるじの寅次《とらじ》と、野菜の棒手振《ぼてふ》りの富八《とみはち》だ。いつも一緒に動いているから御神酒徳利と呼ばれている。

「ちょいと降られちまったけど、すぐ上がったな」

寅次が髷《まげ》に手をやった。

「ええ。そのあと、きれいな虹が出て」

おちよが告げた。

「そりゃ気づかなかった」

　富八が言った。

「すぐ消えちゃったので」

　おようがそう答えたとき、表で人の気配がした。

「あっ、旅籠のお客さまかしら」

　おちよが表に出た。

　のどか屋のおかみの勘ばたらきには定評がある。このたびも勘は正しかった。

「お客さまのご案内です」

　古参の手伝いのおけいが言った。

　その隣には、新たな手伝いのおときもいる。娘将棋指しでもあるおときは、四日に一度の割りで将棋の指南も行っている。今日は番ではないから、旅籠の客を案内したら御役御免だ。

「世話になります」

「朝の豆腐飯がうまいって聞いたんで」

　二人の男が笑みを浮かべた。

　顔がよく似ているから、おそらく兄弟だろう。

「さようですか。お入りくださいまし」

おちよが愛想よく言った。

「いらっしゃいまし。湯屋でしたら、いくらか歩きますが岩本町の湯屋までご案内しますよ」

寅次がさっそく声をかけた。

「いや、まず腹ごしらえで」

「腹が減っちまって」

二人の客が言った。

「でしたら、素麵《そうめん》はいかがでしょう。暑気払いになりますよ。茄子《なす》の煮浸しもございます」

千吉が如才《じょさい》なく言った。

「ああ、いいな」

「なら、どちらも」

客がすぐさま言った。

「お荷物を運んでおきますので、お上がりください」

おちよが座敷を手で示した。

「素麺なら、おれも」

寅次が手を挙げた。

「茄子の煮浸しつきで」

野菜の棒手振りも続く。

ここで元締めの信兵衛《しんべえ》も顔を見せた。のどか屋のほかに、すぐそこの大松屋《おおまつや》、いくらか歩く巴屋《ともえや》、いちばん遠い浅草《あさくさ》の善屋《ぜんや》と旅籠をいくつも持っている。長屋もいろいろあるから、毎日見廻りを欠かさない。

「みなさん、素麺をご所望《しょもう》で」

おようがそこはかとなく水を向けた。

「そうかい。なら、付き合うかね」

信兵衛は笑みを浮かべ、軽く手刀を切ってから檜《ひのき》の一枚板の席に腰を下ろした。御神酒徳利の隣だ。

のどか屋の二幕目は、早くもにぎやかになった。

四

「ああ、こんなうめえ素麵、食ったことがねえ」

「盛りもいいから腹にたまるぞ」

二人の客が満足げに言った。

聞けば、やはり兄弟で、武州日野《ぶしゆうひの》から江戸見物に来たらしい。

「夏はやっぱりのどか屋の素麵にかぎるな」

湯屋のあるじの箸が動く。

「うん、茄子の煮浸しがうめえ」

野菜の棒手振りがそちらをほめるのはお約束だ。

「きゅっと締まってるねえ」

元締めが言う。

「冷たい井戸水で締めてますから」

千吉が笑みを浮かべた。

「つゆもこくがあってうめえ」

「初めての味だな、兄ちゃん」

「おう、ここにして良かったぜ」

武州日野から来た兄弟が言う。

「いい鰹節と昆布、それに、野田《のだ》の上物《じょうもの》の醬油を使っておりますので」

千吉が得意げに言った。

素麵は好評のうちに平らげられた。

おけいとおときは着替えて帰り、寅次は武州日野の兄弟を湯屋へ案内していった。

富八も一緒に帰り、元締めが次の見廻りへ向かうと、のどか屋に凪《なぎ》のような時が訪れた。

しかし、それは長く続かなかった。また二人の常連が姿を現わしたのだ。

のどか屋ののれんをくぐってきたのは、黒四組《くろよんぐみ》のかしらの安東満三郎《あんどうみつさぶろう》と万年平之助《まんねんへいのすけ》同心だった。

五

「うん、甘《あめ》え」

その名を約《つづ》めた呼び名、あんみつ隠密の口から、お得意の台詞《せりふ》が飛び出した。

万年同心は普通のつゆだが、黒四組のかしらは味醂《みりん》に素麵をどばっとつけて食していた。

この御仁《ごじん》、とにかく甘いものに目がない。甘ければ甘いほどいいという変わった舌の持ち主だ。甘いものがあればいくらでも酒が呑めるというのは、江戸広しといえどもこの男ぐらいだろう。

「このところのお役目は？」

酒を運んできたおちよが声を落としてたずねた。

「役目か」

黒四組のかしらは渋く笑った。

将軍の履物や荷物などを運ぶ黒鍬《くろくわ》の者には三組あることが知られている。さりながら、正史には記されぬ四番目の組もひそかに設けられていた。それが約めて黒四組だ。

安東満三郎をかしらとする黒四組が担っているのは、日の本《ひのもと》じゅうを縄張りとする悪党退治の影御用だ。

悪党どもはだんだん悪知恵が働くようになってきた。なかには日の本を股にかけて悪さをする者らもいる。

そこで、少数精鋭の黒四組の出番だ。

ほかには、韋駄天《いだてんざむらい》侍こと井達天之助《いだてあまのすけ》、日の本の用心棒を名乗る室口源左衛門《むろぐちげんざえもん》。頭数《あたまかず》はいたって少ないが、町方や火盗改方《かとうあらためかた》、各地の代官所などの助けを借りて悪党退治にいそしんでいる。

「助け金だましがほうぼうで出てやがるようでな、おかみ」

安東満三郎はそう答えた。

「助け金だましですか」

と、おちよ。

「そうだ。火事に地震に津波に大雨、この日の本じゃ災いがいろいろあらあな。そのたびに、さもさも助けるふりをして善意の者たちから助け金を募り、災いを受けた土地には届けず、おのれの懐に入れちまうんだからふてえ野郎どもだ」

あんみつ隠密の顔に怒りの色が浮かんだ。

「まあ、そんなひどいことを」

おちよの眉間にしわが寄った。

「ひっ捕まえてやってよ、平《へい》ちゃん」

千吉が万年同心に言った。

千吉がわらべのころからいたって仲が良く、「平ちゃん」「千坊」と気安く呼び合っている。

「おう、江戸にいたらな」

万年同心はそう言うと、いい音を立てて素麵を啜《すす》った。

黒四組の縄張りは日の本じゅうだが、万年同心は江戸だけを受け持っている。町方の同心と縄張りが重なっており、どこに属しているのかはっきりしないから幽霊同心とも呼ばれていた。

「また勘ばたらきで尻尾をつかんでくんな」

あんみつ隠密が神棚のほうを示した。

そこには小ぶりの十手《じって》が置かれていた。房飾りはのどかと同じ茶白だ。

のどか屋のあるじの時吉《ときよし》は元武家で、磯貝徳右衛門《いそがいとくえもん》と名乗り、大和梨川《やまとなしがわ》藩の禄《ろく》を食《は》んでいた。藩では右に出る者のない遣い手で、のどか屋のあるじになってからも木刀などを用いて賊を退治したことがいくたびもあった。

また、おかみのおちよの鋭い勘ばたらきには、つとに定評があった。その血を受け継いだ千吉もまた然《しか》りで、一再ならず手柄を立ててきた。そんなわけで、飾りのようなものではあるが、黒四組から十手が託されているのだった。

「承知で」

おちよの声に力がこもった。

「気をつけていますので」

若おかみのおようが引き締まった表情で言った。

「体《てい》のいい火事場泥棒みてえなもんだ。人のやることじゃねえや」

安東満三郎は吐き捨てるように言うと、また素麵を味醂につけて勢いよく啜った。

「頼むぜ、千坊」

万年同心が厨《くりや》に声をかけた。

「分かったよ、平ちゃん」

のどか屋の二代目がいい声を響かせた。

六

翌朝――。

のどか屋には、だしのいい香りが漂っていた。

「豆腐飯の朝膳でございます」

檜の一枚板の席に座った客に、あるじの時吉が盆を出した。

「お待たせいたしました」

千吉もその隣の客の前に盆を置く。

「おう、来た来た」

「これが名物の豆腐飯か」

二人の客がいくらか身を乗り出した。

武州日野から来た兄弟だ。

「まずは豆腐だけ匙《さじ》ですくって召し上がってみてください」

時吉が言った。

平生《へいぜい》は舅《しゅうと》で料理の師でもある長吉《ちょうきち》が開いた浅草の長吉屋で花板《はないた》をつとめ、若い料理人たちを指導している。ただし、朝膳まではのどか屋でつとめだ。

「じっくりと煮た豆腐ですので」

千吉が笑みを浮かべた。

「それから、わっとご飯とまぜて、お召し上がりください」

おちよが身ぶりをまじえた。

「あとは薬味を添えて召し上がっていただければ、一膳で三度の味が楽しめます」

おようがどこか唄うように言った。

「そうかい、そりゃありがてえ」

「なら、まず豆腐から」

客の匙が動いた。

「おめえさんら、初めてかい」

「おいらたちはしょっちゅう食ってるぜ」

「いくら食っても飽きねえからよ」

揃いの半纏《はんてん》をまとった大工衆が言った。

泊まり客ばかりでなく、豆腐飯の朝膳だけを食べに来る客もいる。おかげでのどか屋は朝からにぎやかだ。

「昨日、出て来たばかりで」

「ああ、こりゃうめえや。豆腐に味がしみてる」

「よし、今度はまぜて食うぜ」

武州日野から来た兄弟の手が動いた。

「飯もそうだが、汁もうめえからな、のどか屋は」

「漬物だってうめえんだ」

「毎日通っても飽きねえ」

大工衆が口々に言った。

「ほんとだ、うめえや」

茄子と葱《ねぎ》の味噌汁を啜った兄が言った。

「まぜて食うとうめえ」

弟は豆腐飯のほうだ。

ほどなく、豆腐飯の三度目のつとめになった。

もみ海苔《のり》、切り胡麻《ごま》、おろし山葵《わさび》、刻み葱。さまざまな薬味を添えて食すと、また味が変わって美味だ。

「さすがは名物だな」

「これを食うために泊まる客の気持ちが分かるぜ」

武州日野から来た兄弟がうなった。

そんな調子で、のどか屋の朝膳は今日も好評のうちに終わった。

七

のどか屋の前に、こんな貼り紙が出た。

けふの中食
焼きめし　穴子《あなご》いかだ揚げ
とうふ汁　小ばち
四十食かぎり　四十文

今日は親子がかりの日だ。

老舗《しにせ》の長吉屋には、ほかにも頼りになる料理人がいる。時吉は折にふれて休み、のどか屋に終日詰めていた。

時吉と千吉、親子で中食にかかることができるから、ほかの日よりもいくぶん豪華になる。千吉一人だと、欲張って手が遅れてしまうこともあるが、親子がかりなら大丈夫だ。

今日は時吉が焼き飯を、千吉が穴子の筏《いかだ》揚げを受け持った。

ほぐした干物に大豆《だいず》、刻んだ葱に蒲鉾《かまぼこ》。それに、玉子。具だくさんの焼き飯だ。

時吉が鍋を振るたびに、黄金色《こがねいろ》に染まった焼き飯が悦《よろこ》ばしく躍る。玉子は値の張る食材だが、のどか屋には伝手《つて》があって、わりかた安く仕入れることができた。

ほどなく、醬油の香ばしい匂いが漂いだした。ゆかりのある野田の花実屋《はなみや》が手塩にかけてつくり、竜閑町《りゅうかんちょう》の醬油酢問屋、安房屋《あわや》を経てのどか屋の厨に入った上物の醬油だ。

「よしっ」

千吉が短い声を発し、穴子の天麩羅を菜箸《さいばし》でつまむと、しゃっと小気味よく油を切った。

見事にまっすぐに揚がった一本揚げだ。

二幕目ならこのまま供するのだが、中食の膳はここからひと手間かかる。一本揚げだと細長い皿が要り用になるため、盆に一膳しか乗せられない。せっかちな客を待たせてしまう。

そこで、筏揚げにする。

一本揚げを食べやすい長さに切り、荷を積んだ筏のかたちに積み上げる。こうすればむやみに長い皿は要らないし、見た目も華やかでいい。

「お待たせいたしました」

「焼き飯と筏揚げの膳でございます」

おけいとおときが膳を運ぶ。

「いらっしゃいまし。空いているところにどうぞ」

「毎度ありがたく存じました」

おようとおちよが入る客と出る客に声をかける。

「穴子の天麩羅がさくさくだな」

「焼き飯は、ぱらぱらだぜ」

「やっぱり親子がかりはいいな」

なじみの左官衆の箸が小気味よく動いた。

「小鉢の金平《きんぴら》牛蒡《ごぼう》がまたうめえ」

「もうなくなっちまったぜ、穴子」

「しょうがねえだろ。おめえが食っちまったんだから」

こちらは植木の職人衆だ。

「本日も美味であった」

剣術指南の武家が軽く両手を合わせた。
そんな調子で、のどか屋の中食は今日も滞《とどこお》りなく売り切れた。

第二章　茄子《なす》づくし

一

親子がかりの日の二幕目——。

本道《ほんどう》の医者の青葉清斎《あおばせいさい》がのれんをくぐってきた。

神田三河町《かんだみかわちょう》と岩本町、のどか屋は二度にわたって火事で焼け出され、いまの横山町に移ってきた。青葉清斎には三河町のころから世話になっている。

妻の羽津《はつ》は江戸でも指折りの産科医で、千吉を取り上げてくれたこともある。早産で難儀をしたおちよを救ってくれた命の恩人だ。

「こちらの飼い猫が亡くなったと聞きましてね。往診の帰りに寄ってみました」

総髪の医者が言った。

のどか屋の客はほうぼうにいるから、話が伝わったらしい。

「小太郎が死んでしまいまして」

千吉があいまいな表情で言った。

「それは愁傷《しゅうしょう》なことです」

清斎は両手を合わせた。

「みなにかわいがられて、倖せだったたと思います」

おちよがしんみりと言った。

「いまごろはお空でのんびり過ごしているでしょう」

おようが指を上に立てた。

「向こうへ行ったら、もう苦しみもわずらいもありませんから」

本道の医者がうなずいた。

診療が残っているから酒はなしだが、清斎は軽めの肴《さかな》だけ所望した。

時吉と千吉は相談のうえ、鱚《きす》の昆布締めの杉盛りと、同じく鱚の骨煎餅《ほねせんべい》を供した。

身と骨、いずれもいい肴になる。

「このあいだ知らせがあって、うちの療治の友から飼い猫になった子も亡くなってしまったそうで」

清斎はそう言って、おちよが運んできた茶を苦そうに啜った。

「うちの里子ですか」

おちよの表情が曇った。

「そうです。飼い主の元患者さんは涙を流しておられました」

清斎が伝えた。

診療所のすぐ近くに療治長屋がある。長患いの患者が過ごすための場所だ。

この長屋に、療治の友としてのどか屋の猫が里子に出されている。向こうでお産をした猫もいるから、それなりの数になった。

なかには、患者が本復《ほんぷく》して長屋を出るときに、一緒に飼い猫として引き取られていく猫もいた。長屋で療治の友をつとめ、晴れて飼い猫としてもらわれていくわけだから、まさにほまれの猫だ。その一匹が亡くなってしまったらしい。

「初代ののどかから、うちも何匹か見送りましたが、何とも言えないものですね」

時吉が言った。

「まことにそうです」

清斎はそう言って、鱚の昆布締めの杉盛りに箸を伸ばした。

昆布締めにした鱚の身を細づくりにし、杉の木のように小高く盛り付ける。これに花穂紫蘇《はなほじそ》を散らし、おろし山葵を添えて煎り酒をつげば、見た目が美しい小粋《こいき》な肴になる。

「でも、立派なつとめを果たしたのではないかと」

おひなとお手玉をしていたおようが言った。

「ええ。病が癒え、いまこうしていられるのは猫のおかげだと言っていました」

清斎がうなずいた。

「きっとこの先も守ってくれるでしょう」

おちよがうなずいた。

「そうですね」

本道の医者は一つうなずくと、骨煎餅を口中に投じ入れた。

三枚におろして残った中骨を風干しにし、からりと揚げてから油を抜き、塩を振って盛り付ける。

「お日さまと風の恵みの味ですね。身の養いにもなります」

賞味した清斎が満足げに言った。

薬膳《やくぜん》にもくわしく、折にふれて指南している。

骨煎餅にさそわれたのか、ここで二代目のどかが客の足に身をすりつけてきた。

「おまえは長生きするんだよ。いい子だね」

清斎が頭をなでてやると、のどか屋の守り神は気持ちよさそうにのどを鳴らしはじめた。

二

「そうかい。人も猫も亡くなっていくねえ。わたしはのうのうと生き永らえてしまったけれど」

隠居の大橋季川《おおはしきせん》が言った。

かつては日の本じゅうを渡り歩いていた俳諧師で、のどか屋の最も古い常連だ。腰の療治のために日を決めて訪れ、一階の部屋に泊まり、朝の膳を食してから駕籠《かご》で浅草の住まいに戻るのが習いになっている。

「まだまだお若いですから」

腹ばいになった隠居の腰を指で圧《お》しながら、按摩《あんま》の良庵《りょうあん》が言った。

元易者だが、女房のおかねの助けもあって、いまはひとかどの按摩となっている。

「なに、そろそろお迎えだよ」

隠居は苦笑いを浮かべた。

「そう言いながら、そろそろ十年くらい経ってるのじゃないかと」

おちよが言った。

季川の俳諧の弟子で、なかなかいい句を詠《よ》む。

「いつまでも長生きしてくださいまし」

おひなと手遊びをしていたおようが言った。

外のほうからはわらべの楽しそうな声が響いてくる。万吉は近くのわらべたちと一緒に遊んでいるようだ。

「まあ、天からもらった命だからね。ありがたいと思わないと」

季川が答えた。

ほどなく療治が終わり、按摩と女房は引き上げていった。隠居は一枚板の席に移り、酒肴を楽しみはじめた。

「にゅうめんができますが、いかがでしょう」

千吉が水を向けた。

「あたたかい素麵だね。今日はそう暑くもないから、夕方にはそのほうがいいかもしれない」

季川は温顔で答えた。

「揚げ茄子もできます」

千吉がさらに言った。

「ああ、いただくよ」

隠居が笑みを浮かべた。

ややあって、にゅうめんと揚げ茄子ができた。

一枚板の席に移った季川におちよが酒をつぐ。

一枚板の端のほうに、鈴を涼やかに鳴らして、新参のこゆきが跳び乗った。

すぐさま毛づくろいを始める。

「本当に生まれ変わりみたいだね」

隠居が猫を見て言った。

「ええ。亡くなったゆきちゃんにそっくりで。本当はあの子が母親なんですけど」

おちよが指さした。

座敷の端のほうに置かれた座布団の上で、茶白の縞猫が丸まって寝ている。二代目のどかだ。

「もうだいぶ婆さんになってきたね」

隠居がそう言って、猪口《ちょく》の酒を呑み干した。

続いて、まず揚げ茄子に箸を伸ばす。つくりたてだから、まだ削り節がかすかに踊っている。生姜《しょうが》醤油につけて食せば、ことにうまい肴だ。

「ええ。お産はそろそろこの子に代替わりで」

おちよはこゆきを手で示した。

「気張るんだよ。子猫の里親は探してあげるから」

千吉が言った。

「みゃ」

分かったとばかりにこゆきが短くないたから、のどか屋に和気が漂った。

隠居は続いてにゅうめんを食した。

「あたたかきにゅうめんも良し夏の夕」

思わず一句口走る。

「では、付けておくれ、おちよさん」

おようが季川の声色を遣《つか》った。

「ええっ、いきなりだわね」

おちよはこめかみに指をやった。

「煮ても焼いても茄子は美味なり……お粗末さまで」

俳諧の弟子は笑みを浮かべた。

「字余りだけど、揚げてもうまいから」

のどか屋の二代目が白い歯を見せた。

三

おちよの付け句がそこはかとなく呼び水になって、翌日の中食は茄子づくしの膳になった。

膳の顔は茄子のはさみ揚げだ。ごくたまにではあるが、のどか屋では鶏のひき肉も用いる。これにみじん切りの葱と生姜をまぜ、塩胡椒《しおこしょう》、醤油、味醂、胡麻油、さらに溶き玉子を加えてよく練る。

茄子はがくを落とし、縦に二つに切る。皮を少し切って片栗粉をまぶしておくと据わりがよくなる。

二枚の茄子でたねをはさみ、からりと揚がったら、食べやすい大きさに切って盛り付け、彩りに松葉切りの紅生姜を添える。

はさみ揚げが大関だとすれば、脇をしっかりと固めるのが焼き茄子と田舎煮だ。赤唐辛子をぴりっと効かせた田舎煮は飯にもよく合う。

椀は茄子の味噌汁。風味豊かな合わせ味噌だ。茄子の即席漬けまでついた、まさに茄子づくしのにぎやかな膳ができあがった。

「こりゃあ、箸が迷うな」

「どれもこれも茄子か」

「那須与一《なすのよいち》だな」

なじみの左官衆の一人が軽口を飛ばし、弓を引くしぐさをした。

那須与一は弓の名手だ。

「はさみ揚げは美味だな。うまいぞ」

剣術指南の武家が髭面《ひげづら》をほころばせた。

「漬け物までうめえ」

「汁ももちろんだ」

こちらは植木の職人衆だ。

「おいらが入れた茄子だから」

得意げに言ったのは、野菜の棒手振りの富八だった。

二幕目に湯屋のあるじとともに顔を出すことが多いが、手が空いていたら中食にも来る。おのれが運んできた野菜を自慢げにほめるのがお約束だ。

「いいつとめをしてるぜ」

「これからも、うめえもんを入れてくんな」

左官衆が言った。

「おう、まかせときな」

気のいい棒手振りは力こぶをつくってみせた。

四

その日の二幕目――。

大和梨川藩の面々がのれんをくぐってきた。

「あ、いらっしゃいまし、筒井《つつい》さま」

おちよが着流しの武家に声をかけた。

「おう」

武家はいなせに右手を挙げた。

大和梨川藩主の筒堂出羽守良友《つつどうでわのかみよしとも》だ。お忍びのときは、筒井堂之進《どうのしん》と名乗っている。

「いくらかご無沙汰で」

分厚い眼鏡をかけた男が軽く頭を下げた。

将棋の名手の兵頭三之助《ひょうどうさんのすけ》だ。

「うまいものを食いに来ました」

もう一人の上背《うわぜい》のある男が言った。

二刀流の達人の稲岡一太郎《いなおかいちたろう》だ。

何がなしにでこぼこしたこの三人は勤番の武士で、お忍びの藩主のお付きをつとめている。

「気張ってつくります」

千吉が厨からやや緊張気味に言った。

大和梨川藩の三人は座敷に陣取った。むろん、お忍びの藩主が上座だ。

酒は冷やが所望された。おようがさっそく運ぶ。

「うちのつとめのほうはいかがでしょうか」

のどか屋の若おかみが少し声を落としてたずねた。

「つとめか」

お忍びの藩主はにやりと笑ってから続けた。

「異国船はいくたびか来ているが、まだつとめはない。案ずるな」

筒堂出羽守は厨をちらりと見て言った。

「ほっとしました」

千吉は胸に手をやった。

大和梨川藩主には、海防掛《かいぼうがかり》の補佐役という大事なお役目がついた。

正式には、海岸防禦御用掛《かいがんぼうぎょごようがかり》という。寛政《かんせい》四年（一七九二）に設置されたものの、久しく常設ではなかったが、今年、晴れて常設の御役となった。

日の本は周りを海で囲まれている。このところ何かと物騒《ぶっそう》で、折にふれて異国船が親書を携えて来航し、開国を迫ったりしていた。海防に重きが置かれ、海防掛が常設となったのはそのためだ。

大和梨川藩と深いゆかりがあるのどか屋にも、思わぬつとめの話が舞いこんだ。異国船が来航し、日の本の料理でもてなさなければならぬという成り行きになったら、千吉が乗りこんで腕を振るう。そういう段取りになってしまった。

「まあ、先の楽しみで」

兵頭三之助が言った。

「晴れ舞台は先に取っておきましょう」

稲岡一太郎が笑みを浮かべる。

「晴れ舞台かどうか」

千吉はあいまいな顔つきになった。

肴が出た。

まずは穴子の酢の物だ。

焼いた穴子と輪切りの胡瓜《きゆうり》を二杯酢であえた小粋なひと品だ。

「美味なり。これなら外つ国《とつくに》の人にも喜ばれよう」

お忍びの藩主がうなずいた。

「もう一つ、穴子で見た目が面白い料理をお出ししますので」

千吉が言った。

「おう、楽しみだ」

着流しの武家が白い歯を見せた。

ややあって、千吉が気を入れてつくった料理が運ばれてきた。

穴子の渦巻き揚げだ。

穴子は包丁でぬめりを取り、頭を落とす。

莢隠元《さやいんげん》の筋を取り、塩茹でにしてから半分の長さに切る。

穴子の皮に粉を振り、莢隠元をまとめてくるくると巻きこみ、竹串で止める。

これに衣をつけてからりと揚げる。竹串を抜いて切れば、切り口が渦のようになる。

莢隠元の青みも鮮やかだ。

素揚げにしたしし唐と紅葉《もみじ》おろしをあしらい、天つゆを添えれば、心弾む穴子の渦巻き揚げの出来上がりだ。

「これは、一幅《いっぷく》の画《え》のごとしだな」

筒堂出羽守がうなった。

「外つ国の人も驚くやろな」

兵頭三之助が言う。

「見事な仕上がりで」

二刀流の遣い手がうなった。

続いて、舌だめしになった。

「食してもうまい。見てよし、食ってよしだ」

快男児が満足げに言った。

「では、仕入れにもよりますが、渦巻き揚げはお出しすることに」

千吉が言った。

「おう、頼むぞ」

海防掛の補佐役が張りのある声を発した。

五

お忍びの藩主は両国橋《りょうごくばし》の西詰の芝居小屋へ出かけた。二人の勤番の武士も一緒だ。

のどか屋に凪のような時が訪れた。

しかし、それは長く続かなかった。三人の男たちがつれだってのれんをくぐってきたのだ。

「決まりましたよ」

着物や帯に派手な赤い鯛を散らした男が笑顔で言った。

狂歌師の目出鯛三《めでたいぞう》だ。

本業ばかりでなく、かわら版の文案や各種の引札づくりや書物の執筆、八面六臂《はちめんろっぴ》の活躍を見せている才人だ。

「『続料理春秋《ぞくりょうりしゅんじゅう》』、千部さばけました」

満面の笑みでそう言ったのは、小伝馬町《こでんまちょう》の書肆《しょし》、灯屋《あかりや》のあるじの幸右衛門《こうえもん》だった。

「わあ、ほんとですか」

千吉の瞳が輝いた。

のどか屋の二代目が料理のつくり方や勘どころを記した紙をたくさん書き、それを元に目出鯛三が執筆した『続料理春秋』がめでたく千部さばけたらしい。

当時の書物は値が張るため、さほど部数は出なかった。千部も出れば、いまならベストセラーだ。

「それはそれは、ありがたく存じます」

おちよがていねいに一礼した。

「絵を描いた甲斐があります」

総髪の男が笑みを浮かべた。

絵師の吉市《よしいち》だ。『続料理春秋』の扉絵と挿絵《さしえ》はこの男が描いた。

「では、今日は打ち上げで」

おようが笑みを浮かべた。

「打ち上げ？」

一緒にいた三代目の万吉がたずねた。

「そうよ。おとうのご本が千部も出たの」

若おかみは笑顔で答えた。

「すごい、おとう」

万吉の声が弾んだ。

「元の紙を気張って書いたから」

千吉が得意げに言った。

「千部振舞《ぶるまい》の宴はまた改めてということで、今日は前祝いで」

灯屋のあるじがそう言って座敷に上がった。

千部も出たことを祝して、一族郎党を集めて宴を催す習わしがあった。それが千部振舞の宴だ。

「なら、書物に載っている料理がいいでしょうな」

目出鯛三も続く。

「承知しました」

千吉が請け合った。

「これで二冊続けての千部振舞ですね」

幸右衛門が恵比寿顔で言った。

「まだまだ続きを出せそうです」

吉市が言う。

酒が来た。

祝いにふさわしく、白木の枡酒《ますざけ》だ。

「まずはこちらで」

おちよが盆を運んできた。

厨からは包丁を操る小気味いい音が響いてくる。千吉が『続料理春秋』に載っている料理をつくっているあいだに、まずは軽めの肴が出た。

「これは土佐和《とさあ》えですな」

目出鯛三が言った。

「はい。白瓜《しろうり》の雷干《かみなりぼ》しの土佐和えです」

千吉が厨から言った。

白瓜を巧みに切って、雷様の太鼓みたいなかたちに長く伸ばす。

昆布を入れた塩水に二刻《ふたとき》（約四時間）ほど浸けて下味をつける。

しんなりしたところで、金串に刺し、風通しのいいところで一刻半（約三時間）ほど干す。

こうすると水気が抜け、うま味だけが残る。これを下ろして、一寸ほどの食べやすい長さに切りそろえる。

いよいよ仕上げだ。

削り節を乾煎《からい》りし、ざっともんでおく。

梅干しの種を抜き、包丁で細かくたたく。醬油で味を調え、雷干しを和え、削り節をまぶせば出来上がりだ。

「うん、こりこりしてうまい」

灯屋のあるじが笑みを浮かべた。

「さっぱりしていて、夏の冷や酒に合いますね」

吉市も気に入った様子だ。

「手間がかかりますが、いい肴になります」

千吉がそう言って、かき揚げを鍋に投じ入れた。

「いい音ですな」

目出鯛三が耳に手をやった。

「何の揚げ物です？」

幸右衛門がたずねた。

「枝豆と新生姜のかき揚げです。これも夏向きの肴で」

千吉はすぐさま答えた。

「『続料理春秋』の料理ですな」

狂歌師がそう言って、枡酒を少し啜った。

「開いておきましょうか」

灯屋のあるじが、座敷の隅に置かれていた書物に手を伸ばした。

ほどなく、天麩羅の音が穏やかになってきた。そろそろ頃合いだ。

「浮いてきました」

千吉はそう言うと、菜箸でかき揚げをつまみ上げ、油をしゃっと切った。

ただちに盛り付け、塩を添える。天つゆでもいいが、塩がうまい。

「お待たせいたしました」

千吉が自ら座敷に運んでいった。

揚げたての枝豆と新生姜のかき揚げだ。

枝豆は固めに塩茹でしておくなり。

豆は薄皮をむいておくべし。

新生姜は皮付きのままません切りなり。

目出鯛三が『続料理春秋』のその項目を読み上げた。

仕上げたのはおのれだから、まったくよどみがない。

枝豆と新生姜を合はせ、粉をまぶし、衣にくぐらせてからりと揚げるなり。

浮き上がれば油を切り、塩を添へて供するなり。

まさに夏向けの揚げ物なり。

「書物に記されているとおりですな」

灯屋のあるじが食すなり言った。

「枝豆と生姜の取り合わせが絶妙です」

絵師が満足げに言った。

「これはいくらでも胃の腑に入ります」

目出鯛三の箸がまた動いた。

「江戸のほうぼうでつくってくだされればありがたいです」

千吉が笑顔で言った。

「塩を振ると、また味に深みが出てうまい」

幸右衛門がうなずく。

「ともにいい仕事をしましたな、二代目」

目出鯛三が書物を手で示して言った。

「はい、ありがたいことで」

千吉が両手を合わせた。

第三章　一本揚げといとこ煮

一

「そうかい。千部振舞が決まったのかい」

鬢がだいぶ白くなった料理人が言った。

浅草の福井町《ふくいちょう》の名店、長吉屋のあるじの長吉だ。

「はい、おかげさまで。千吉も大喜びでした」

厨に入った時吉が答えた。

料理人から客へ、出来たてのものをすぐ出せる開き厨に、花板の時吉と修業中の若い料理人が入っている。あるじだが半ば楽隠居の長吉は、厨の隅の床几《しょうぎ》に座っていた。

檜の一枚板には年季が入っている。長吉屋に範《はん》を取って同じものをしつらえたのどか屋より色合いが濃い。

「そりゃ、料理人冥利《みょうり》に尽きるでしょう」

一枚板の席の客が言った。

薬研堀《やげんぼり》の銘茶問屋、井筒屋《いづつや》のあるじの善兵衛《ぜんべえ》だ。恵まれぬ子の養父となり、いくたりも育ててきた有徳《うとく》の人で、そのなかにはのどか屋を手伝っていた双子の姉妹、江美《えみ》と戸美《とみ》も含まれている。

「うちにも一冊置かせてもらいました」

隣に座った客が笑みを浮かべた。

善屋のあるじの善蔵《ぜんぞう》だ。なにぶん近いから、長吉屋のほうの常連になっている。

「ありがたいことで」

鯛の姿盛りを仕上げながら、時吉が言った。

長吉屋は奥行きのある造りで、檜の一枚板の席のほかにさまざまな部屋がある。大井川《おおいがわ》や富士《ふじ》など、とりどりの名をもつ部屋では、大小の宴を催したり、気の置けない者たちで食事を楽しんだりすることができる。

そちらの料理は本厨でつくられているが、手が足りないときは花板の時吉も加勢に出る。いま仕上げている鯛の姿盛りもその一つだ。

「そのうち、孫と曾孫の顔を見に行かねえとな。達者にしてるか」

長吉が訊いた。

「ええ。おかげさまで」

時吉は笑顔で答えた。

長吉は健脚《けんきゃく》で、ひと頃は日の本じゅうに散らばっている弟子のもとを訪ねてまわっていた。隠居所を構えてからは、義太夫をうなったり、芝居や寄席に行ったり、隠居らしい暮らしぶりになった。

鯛の姿盛りを渡して手が空いたところで、弟子の指導を兼ねて揚げ物をつくることになった。

「よし、穴子の一本揚げをつくるぞ」

時吉が弟子に言った。

「へえ」

まだわらべらしさが残る弟子が緊張気味に答えた。

「落ち着いてやれ」

長吉が言う。

「承知で」

弟子がうなずいた。

「わたしらはこれを食べてるからね」

井筒屋善兵衛がそう言って箸を伸ばしたのは、小鮎《こあゆ》の南蛮漬《なんばんづ》けだった。

小鮎は二度揚げしてから南蛮酢に浸ける。酢と濃口醤油と酒を合わせてひと煮立ちしたのが南蛮酢だ。

三日ほど浸けて味をしみこませたものもいいが、浸けたてもかりっとしていてうまい。蓼《たで》と赤唐辛子を散らしてあるから、見た目も華やかだ。

「これは酒が進みます」

善屋のあるじが猪口の酒を呑み干した。

ややあって、穴子の一本揚げの支度が整った。

「よく見ていろ」

まず時吉が手本を示す。

衣をつけたら穴子の尻尾を持ち、皮を下にして、手前から奥へしゃっと流してやる。

しかるのちに、菜箸を八の字に持ち、穴子の身を上からそっと押さえる。

皮目に火が通ったら、もう丸まることはない。ひっくり返して火を通し、油を切れば、まっすぐに揚がった穴子の一本揚げの出来上がりだ。

「よし、なら、やってみろ」

時吉は弟子に菜箸を渡した。

「へえ」

弟子がうなずく。

「落ち着いてやれ」

長吉も声をかけた。

「しくじっても食べてあげるから」

善兵衛が温顔で言った。

「それっ」

声を発して、弟子が穴子を鍋に投じ入れた。

しかし……。

肩に力みが入った。

穴子が曲がる。あわてて菜箸で押さえたら、これも力が入りすぎた。穴子は無情にも丸まってしまった。

「相済みません」

弟子は泣きそうな表情で不細工な天麩羅を取り出した。

「はは、味に変わりはないからね」

井筒屋のあるじが笑みを浮かべる。

「しくじりながら覚えるものだから」

善屋のあるじも励ます。

「もういっぺんやってみろ」

長吉が言った。

かつてはすぐ雷を落としたものだが、すっかり丸くなった。

「へえ」

弟子が短く答えた。

「手前から奥へ、滑るように流してやるんだ」

時吉が身ぶりをまじえた。

今度はほどよく力が抜けた。菜箸で押さえるのもうまくいった。

「もういいぞ」

時吉が教える。

弟子は少し危なっかしい手つきで天麩羅を取り出した。

しゃっ、と油を切る。

「できるじゃねえか」

古参の料理人が笑みを浮かべた。

「へえ」

坂を一つ上り終えた若者は、ほっとしたように答えた。

二

同じころ——。

のどか屋の二幕目には、深川《ふかがわ》からおようの家族がやってきていた。

おようの母のおせい、義父にあたるつまみかんざしづくりの親方の大三郎《だいざぶろう》、それに、弟の儀助《ぎすけ》だ。

もう一人、もと人情本作者の吉岡春宵《よしおかしゆんしよう》の顔もあった。つまみかんざしづくりのかたわら、『両国早指南《はやしなん》』などの書物も執筆している。

「また背が伸びたね、儀助ちゃん」

千吉が言った。

「もう十五なんで」

儀助は髷に手をやった。

「早いものねえ」

おちよがしみじみと言った。

「ちょっと前までは、餡巻きが大好物のわらべだったのに」

千吉が笑みを浮かべた。

「甘いものはいまも好きだけど」

若者らしくなった儀助が白い歯を見せた。

「なら、南瓜《かぼちゃ》と小豆《あずき》のいとこ煮はどう？」

千吉が水を向けた。

「追い追い（甥甥）煮ていくからいとこ煮だな」

大三郎が笑って言った。

「そのとおりで。いい南瓜が入ったので」

と、千吉。

「なら、いただきます」

儀助が軽く右手を挙げた。

「ずいぶん大きくなったわね」

とことこと歩いてきたおひなを見て、おせいが言った。

「ちょっとずつ言葉が増えてきたから」

おようが母に告げた。

「もう三つだものね」

おせいが笑みを浮かべる。

当時は数えだから三つだ。満年齢なら、おひなはおおよそ二歳半になる。

「上の子はどうしてるんだい」

大三郎がたずねた。

「表で近所の子たちと一緒に遊んでると思います」

おようが答えた。

「万吉は元気にしていますので」

おちよも言う。

荷車に轢《ひ》かれかけたこともあるので心配だが、外で遊びたがるのがわらべだ。

「そりゃ何よりだ」

つまみかんざしづくりの親方が表情をやわらげた。

「いただいた里子も達者ですよ」

吉岡春宵が言った。

昨年、二代目のどかが産んだ子のうちの一匹を、春宵は引き取ってくれた。

「さようですか。それは何よりで。うちは小太郎が向こうへ行ってしまって」

おちよが指を上に向けた。

「人から話を聞きましたよ。きれいな猫だったのに」

おせいが残念そうに言った。

「あとでお墓参りを」

儀助も言う。

「それはぜひ。お参りしてやってください」

おちよが笑みを浮かべた。

ここでいとこ煮が出た。深川の面々がさっそく箸を取る。

「こりゃ、ほっこり煮えてるな」

大三郎が満足げに言った。

「南瓜も小豆も甘くておいしい」

おせいの顔がほころんだ。

「今日来た甲斐がありました」

春宵がそう言ったとき、二代目のどかが娘のこゆきとともにひょいと土間に下りた。

「おまえさんの子は達者にしてるからな」

春宵が二代目のどかに言った。

「かわいがってもらってるって。おまえも長生きするんだよ」

おちよが言った。

「みゃあ」

代わりに新参のこゆきが答えたから、のどか屋に和気が漂った。

三

小太郎の墓参りをしてから、深川の面々はのどか屋から出ていった。

今日はこれから、おせいと大三郎と儀助は繁華な両国橋の西詰で芝居を観るらしい。

吉岡春宵は書物を漁《あさ》ってから帰るつもりのようだ。

しばらく凪のような時があり、次の客が入ってきた。

「あっ、いらっしゃいまし」

おちよが声をかけた。

「うちにいただいたちさのきょうだいが亡くなったとお客さまから聞いて、弔問にうかがいました」

そう言ったのは、上野黒門町《うえのくろもんちょう》の猫屋、日和屋《ひよりや》のあるじの子之助《ねのすけ》だった。

「このたびは御愁傷さまでした」

そのつれあいのおこんが頭を下げた。

「まあ、ありがたく存じます」

おちよが礼を返した。

「うちも猫屋なので、これまでに何匹か亡くしておりますが、何とも言えないものですね」

子之助がしみじみとした口調で言った。

「まずお参りをされますか？」

おようが訊いた。

「さようですね。ささやかですが、お供え物も持ってまいりましたので」

日和屋のあるじが答えた。

「鱚天を揚げる支度が調っておりますので」

千吉が厨から言った。

「では、いただきます」

おこんの顔を見てから、子之助が答えた。

夏の空は抜けるように青かった。天からしたたるような色だ。

「今日はいい日和ですね」

おこんが言った。

「さようですね。風も心地よくて」

と、おちよ。

「あ、こちらです」

おようが木の若い卒塔婆を手で示した。

「向こうにもお仲間がおりますね」

ほかの卒塔婆を見て、子之助が言った。

小太郎のほかにしょうとちのとゆき、それに、お地蔵様になっている初代のどかがいる。

「これでたんと遊んでね」

おこんがそう言って、小太郎の卒塔婆の前に猫じゃらしを置いた。

猫屋らしく、鈴がついた凝った猫じゃらしだ。

「向こうのほうがにぎやかになってきて」

おちよが空を見上げた。

「みなで楽しく遊んでますよ、ねこ浄土で」

おようも見る。

「ねこ浄土ですか。本当にありそうですね」

両手を合わせていたおこんが言った。

「見守ってくれているでしょう」

日和屋のあるじがしみじみと言った。

「うちのちさを、きっと天から守ってくれていると思います」

おこんが言った。

おちよは黙ってうなずいた。

銀と白と黒。

縞模様が美しい立派な毛並みの猫の在りし日の姿がありありと浮かんできて、胸の詰まる思いがした。

四

お参りが終わると料理が出た。

からりと揚がった鱚天に、日和屋の夫婦は舌鼓《したつづみ》を打った。

「おいしいですねえ」

子之助がうなる。

「来た甲斐がありました」

おこんも笑みを浮かべた。

ここで万吉とおひなが姿を現わした。どちらも昼寝をしていたらしく、まだ少し目が眠そうだ。

こゆきとたびも来た。

のどか屋の猫たちは人に慣れているから物おじをしない。

「まあ、人も猫も大きくなって」

おこんはそう言うと、残った鱚天を胃の腑に落とした。

「猫じゃらしを振っておあげ」

おようが万吉に紐付きの棒を渡した。

「はい、振って」

兄は妹に猫じゃらしを渡した。

おひながやみくもに振る。

「これこれ、もっとゆっくり」

おようがすかさずたしなめた。

「猫さんたちがびっくりするからね。やさしくね」

おこんが笑顔で言った。

「もういっぺん」

万吉がうながした。

おひなはこくりとうなずくと、ゆっくりと振り直した。

こゆきとたびが競うように前足を動かす。

「そうそう、上手だよ」

日和屋のあるじが笑みを浮かべた。

ほどなく万吉が交替して猫じゃらしを振った。さすがに兄のほうが振り方がうまい。

「ちさちゃんは達者にしていますか？」

おちよがたずねた。

「ええ。小太郎ちゃんの分まで長生きしてくれればと」

おこんが答えた。

「そのうち、おちさの歳も超えそうです」

子之助が言った。

日和屋の跡取り娘のおちさは、残念なことに、十三という若さで病で亡くなってしまった。両親の悲しみは深かった。

のどか屋から里子に出した子猫は、亡きおちさと同じように左目の下に線が入っていた。

さだめしこれは生まれ変わりに違いない。

日和屋の夫婦はそう思い、猫にちさと名づけた。

その猫が、やがては亡き娘の歳を超えるかもしれない。

そう思うと、おちよも感慨を催した。

「長生きしてくれるといいですね。できるだけ長く」

おちよは思いをこめて言った。

「毎日、お祈りしてます」

おこんが両手を合わせた。

「うちもそうです。子供に加えて、猫たちが達者でいられるようにと祈ります」

おようが両手を合わせた。

「あっ、取った」

万吉が声をあげた。

兄のたびを制して、こゆきが素早く猫じゃらしを取った。

「じょうず」

取られたおひながそう言ったから、のどか屋に和気が漂った。

五

翌日の中食は親子がかりだった。

ちょうどいい牡蠣《かき》がふんだんに入ったから、時吉と千吉は相談して牡蠣づくしの膳にした。

膳の顔は牡蠣飯だ。

牡蠣の身は酒いりにする。鍋に酒と醤油と塩を入れて火にかけ、八分どおり火が通ったところでさます。

これをていねいに漉《こ》し、昆布だしと合わせて味を調える。

牡蠣のうま味がたっぷりしみ出ただしに、前の晩から浸けた昆布のだし。二つのうま味が合わさっただしで炊くから、えも言われぬうまさになる。仕上げに小口切りの葱を散らせば出来上がりだ。

椀物は凝ったものにした。

牡蠣の煮おろしだ。

汚れをていねいに取った牡蠣の身を、酒、醤油、味醂が同じ割りのつけ地につけ、汁気を切っておく。

続いて、黄身衣《きみごろも》をつくる。玉子の黄身を水で溶き、小麦粉と片栗粉をまぜあわせて衣をつくる。粉をまぶした牡蠣をくぐらせてから揚げる。

油を切ったら、煮立てた煮汁に投じ入れてさっと煮る。

また煮立ってきたところで、水気を絞った大根おろしを入れて火からおろす。

盛り付けて煮汁を張り、針柚子《はりゆず》とあさつきをあしらえば、小粋な椀物の出来上がりだ。

揚げ物にも趣向があった。珍しい海苔揚げだ。

海苔を粗くちぎって衣にすれば、風味豊かで見た目も面白い。

さらに、牡蠣のもろみ漬けも付けた。

もろみ味噌に味醂を加え、粒をいくらかたたきつぶす。これにひと晩つけ、軽くあぶると、飯の供にも酒の肴にもうってつけのひと品になる。

「こりゃまた豪勢だな」

客が笑顔で言った。

常連の植木職人だ。

「いい日に一緒に来たぜ」

「どれから食うか箸が迷う」

その仲間が言う。

「うちの里子は達者にしておりますでしょうか」

おちよがたずねた。

「おう、女房も大喜びだ。おれにもわりかたなついてるからよ」

植木職人が答えた。

昨年、二代目のどかが産んだ子猫のうち、亡きゆきの生まれ変わりだと言われることゆきはのどか屋に残したが、あとのきょうだいは里子に出した。

青葉清斎の療治長屋に一匹、吉岡春宵に一匹。残るもう一匹の里親が、この常連客の植木職人だ。

「それは何よりで」

おちよは笑みを浮かべた。

珍しく、よ組の火消し衆も中食に来てくれた。

古いなじみで、いまはもう縄張りではないが、折にふれてのどか屋へ足を運んでくれる。

「牡蠣がぷりぷりでうめえな」

牡蠣飯をほおばったかしらの竹一《たけいち》が言った。

「この煮おろしもたまらねえや」

纏持ちの梅次《うめじ》も白い歯を見せた。

「海苔の揚げ物もうめえ」

火消しの竜太《りゅうた》が言う。

「もろみ漬けもいい塩梅《あんばい》で」

その弟の卯之吉《うのきち》も和した。

のどか屋の手伝いをしていた双子の姉妹、江美と戸美をそれぞれ娶《めと》った。いまは子もできて仲むつまじく暮らしている。

「ああ、うまかったぜ」

「いい日に来た」

食べ終えた客はみな満足げだ。

「ありがたく存じました」

「またのお越しを」

手伝いのおけいとおときが明るい声をかける。

牡蠣づくしの膳は、好評のうちに滞りなく売り切れた。

第四章　怪しい客

一

異な風が吹いてきたのは、その日の二幕目だった。

中食が終わると、おけいとおときは繁華な両国橋の西詰へ赴き、旅籠の客の呼び込みをする。のどか屋には六つの泊まり部屋があり、長逗留の客もいるが、初めからすべて埋まっている日はめったにない。

そこで、呼び込みだ。

「お泊まりは、横山町ののどか屋へ」

「朝は名物の豆腐飯のお膳です」

「浅草にも近くて便利ですよ。さあ、いらっしゃい」

明るい声で呼びかける。

ほかの旅籠の呼び込みも出るから、競い合いだ。

「お泊まりは、内湯のついた大松屋へー」

大松屋の二代目の升造《ますぞう》がよく通る声を響かせる。

かつては竹馬《ちくば》の友の千吉と並んで呼び込みをしていたものだが、のどか屋の二代目は二幕目の仕込みがあるから見世に詰めている。

ややあって、二人の男が足を止めた。

「壁は厚いか」

年かさのほうがやにわにたずねた。

そこはかとなく上方《かみがた》の訛《なま》りがある。

「よそと比べたわけではありませんが、しっかりした造りになっておりますので」

古参のおけいが如才なく答えた。

「なら、ここにしよか」

連れの男に言う。

「ほな、そうしましょ。相談は外でもでけますさかいに」

もう一人の男がはっきりした上方訛りで答えた。

「では、ご案内いたします」

おけいが笑顔で言った。

こうして、二人の客がのどか屋へ案内された。

二

今日のおときは忙しい。
呼び込みから戻ると、いくらか経って将棋指南が始まるからだ。
娘将棋指南
そう染め抜かれた鮮やかな紅梅色の幟《のぼり》が出ている。
貼り紙も見える。
娘将棋指南
子《ね》、辰《たつ》、申《さる》の日、八つどきより

指南代、一刻四十文（茶とおやきつき）

そう記されている。

のどか屋を舞台に行われた将棋の競いで、娘将棋指しのおときは大いに健闘した。大和梨川藩の将棋の名手、兵頭三之助との死闘の様子はかわら版にもなり、おときは大いに名を上げた。

そこで、のどか屋の手伝いのあとに、将棋の指南も行うことになった。客が詰めかけるというほどではないが、常連もついてまずまずの船出だ。

「お客さまがたは、将棋のほうはいかがでしょう」

上方の二人の客を出迎えたおようがたずねた。

「わいらは忙しいさかいに」

「いろいろと段取りがあるもんでな」

「部屋で休ませてもらうわ」

呼び込みで入った客はそっけなく答えた。

ややあって、元締めの信兵衛が顔を見せた。

「今日はわたしが相手をしてもらおうかね。へぼだけれど」

信兵衛は温顔で言った。

「よろしゅうお願いいたします」

おときはていねいに三つ指をついた。

「おやきは甘辛のどちらにいたしましょう」

千吉が厨から問うた。

お代のうちに入っているおやきは、二種を用意してある。

「辛いほうの具は何だい?」

元締めがたずねた。

「今日は金平牛蒡にしてみました。細めに切ったので、おやきの具にも合うと思いまして」

千吉が答えた。

ほかに、切干大根なども具として使う。甘いほうは、支度できれば餡を入れるが、砂糖醤油のときもあった。

「それはうまそうだね。なら、辛いほうで」

信兵衛が言った。

「承知しました」

千吉はいい声で答えた。

三

ややあって、馬喰町《ばくろちょう》の飯屋、力屋《ちからや》のあるじの信五郎《しんごろう》がのれんをくぐってきた。

その名のとおり、食せば力が出る見世だ。盛りの良さとうまさが評判で、駕籠かきや荷車引きなど体を使う常連客でいつもにぎわっている。娘のおしのは時吉の弟子で京《きょう》生まれの為助《ためすけ》と夫婦になり、子宝にも恵まれている。古くからの猫縁者でもあるから、半ば身内みたいなものだ。

「おっ、やってますな」

座敷を見て、信五郎が声をかけた。

「早くも敗勢ですよ、はは」

元締めが笑う。

「おいらは指せないので、うらやましいですよ」

信五郎はそう言って一枚板の席に腰を下ろした。

「よろしければ、指南させていただきますが」

おときが声をかけた。

「いやいや、もう頭が硬くなっているからね。ここで呑んでるほうがいいよ」

力屋のあるじは笑って答えた。

「肴は何にいたしましょう」

千吉が厨から訊いた。

「干物はあるかい」

信五郎が問う。

「ええ。鯵《あじ》の一夜干しがあります。これからまた干しに行くところなんですが」

千吉が答えた。

「なら、あぶっておくれ」

と、力屋。

「承知で」

千吉はいい声で答えた。

ほどなく、座敷の指導将棋が終わった。

「途中からいいところがなかったね」

元締めが髷に手をやった。

「ここで底歩《そこふ》を打っておけば、まだまだの将棋でした」

おときが局面を戻して指摘した。

「なるほど。我慢が足りなかったね。学びになるよ」

元締めは笑みを浮かべた。

「では、もう一局いかがでしょう」

おときが指を一本立てた。

「二枚落ち（飛車と角を落とすこと）だと荷が重そうだが、もういっぺんやってみるかね。ただし、干物で一杯呑んでから。そのほうが頭が回るかもしれない」

元締めが言った。

「いま上がりますので」

千吉が笑顔で言った。

ほどなく、あぶりたての鰺の干物が運ばれた。

たっぷりの大根おろしに醤油。これがたまらない。

「なら、次のを干してくるんで」

千吉が網をかざした。

開いて塩水に充分につけた鰺が並んでいる。

「はい、承知で」

おちよがすぐさま答えた。

四

「ちょいと出かけてくるわ」

「遅なるかもしれんで」

上方訛りの二人の客が声をかけた。

「行ってらっしゃいまし。お気をつけて」

おちよは笑顔で送り出した。

しかし……。

ふと胸さわぎがした。

何か起きるかもしれない。

そんな予感が胸をよぎった。

おちよの勘ばたらきの鋭さには定評がある。それはせがれの千吉にもしっかりと受け継がれていた。二人の勘ばたらきのおかげで、悪者がお縄になったことも一再《いっさい》ならずある。

その「感じ」がまただしぬけに訪れたのだ。

いくらか迷ってから、おちよは表に出た。

二人の客の姿はもう見えなかった。

同じころ――。

千吉は干し場にいた。

奥まったところで、あまり人目につかない場所だ。

猫に悪さをされないように、干物は高いところに干す。そのほうが風通しもいい。

おかげで夏場でもいいものができる。

どこに干そうかな。

こっちのほうが風が来るか……。

干物を入れた網を手に提げたまま、千吉は思案していた。

そのとき……。

ふと胸さわぎがした。

おちよと同じく、千吉にも勘ばたらきがあったのだ。

人の気配がした。

まずい。

隠れなければ。

奥まった人目につかないところで、千吉はしゃがんで干物の網を楯のようにかざした。

声が響いてきた。

「房州《ぼうしゅう》生まれのやつを探さなあかんな」

押し殺した声だ。

「わいらが『火事で焼けた館山《たてやま》を助けてくれ』て言うても、上方訛りやさかいに」

のどか屋に泊まることになった客だ。

「そや。かと言って、上方のどこそこが焼けたさかいに助け金をって言うても、嘘臭いさかいにな」

それを聞いて、千吉は思い出した。

黒四組の面々から悪いやつらの話を聞いた。

日の本じゅうを股にかけた悪党が跳梁《ちょうりょう》しているが、助け金だましもそうだ。人の善意につけこんで助け金をおのれのふところに入れてしまう、人の道に悖《もと》るやつらだ。

どうやらこいつらがその悪党らしい。

「人の多いとこで、房州生まれのやつを探したらええ」

「そやな。銭で釣ったらええねん」

「それで、芝居をしてもらう。館山が焼けてしもて、みな難儀してる。どうか助け金をっちゅうわけや」

「わいらはしゃべらんと、涙を流してたらええねん」

「嘘泣きは得意やさかいに、ふふふ」

嫌な笑いが響いた。

「ほな、行くか」

「おう。さっと稼いでまた次や」

「日の本じゅう、神出鬼没《しんしゅつきぼつ》やさかいにな」

上方の客たちはそう言いながら去っていった。

足音が遠ざかると、千吉はゆっくりと立ち上がった。

まだ心の臓が鳴っていた。

五

「えっ、嫌な感じがしてたけど」

千吉から話を聞いたおちよの顔に驚きの色が浮かんだ。

「早く知らせないと」

千吉は口早に言った。

「なら、留守はなんとかするから」

おひなを遊ばせていたおようが言った。

「肴ならわたしだってつくれるので、あんみつさんに知らせておいで」

おちよが言った。

「ちょうど平ちゃんが入ってきてくれたらいいんだけど」

と、千吉。

「待っててもしょうがないから。早く行ってきなさい」

おちよがうながした。

「そのうち、あるじも帰ってくるだろうからね」

座敷の元締めも言った。

「分かりました。とにかく行ってきます」

千吉は引き締まった顔つきで答えた。


走る、走る。

千吉が走る。

駆ける、駆ける。

のどか屋の二代目が駆ける。

だんだん息が切れてきたが、番町《ばんちょう》の安東満三郎の屋敷に向かって、千吉は懸命に駆けた。

途中でばったり万年同心に会ったりしないかと期待したが、そううまくはいかなかった。

代わりに、普請場帰りの常連の大工衆に会った。

「おっ、どうしたんだい」

「そんなに急いでよう」

「急病かい？」

なじみの大工衆が口々に言った。

「いえ、ちょいと知らせたいことがあるので」

千吉はそう言うと、さっと右手を挙げてまた足を速めた。


「そうかい。そりゃ助かった」

知らせを聞いた安東満三郎が言った。

千吉はまだ肩で息をついていた。

安東家の小者《こもの》が差し出した柄杓《ひしやく》の水を呑む。

やっと少し人心地《ひとごこち》がついた。

「さっそく網を張るぜ」

黒四組のかしらが言った。

「町にですか？」

いくらかかすれた声で、千吉は問うた。

「やつらはのどか屋に泊まってるんだろう？」

と、あんみつ隠密。

「はい」

千吉はうなずいた。

「だったら、善は急げだ。夜討ちをかけて一網打尽《いちもうだじん》だ。あるじにもそう言っておいてくれ」

安東満三郎の声に力がこもった。

「承知で」

千吉もいい声で答えた。

六

その晩――。

のどか屋の二階の泊まり部屋には、まだ行灯《あんどん》の灯りがともっていた。

酒盛りが続いている。

「ちょうどええやつが見つかったな」

年かさの男が言う。

「そうでんな。ころっとだまされよった」

もう一人の客が答えた。

「敵を欺《あざむ》くにはまず味方からや」

かしら格の男が嫌な笑みを浮かべた。

繁華な両国橋の西詰で、房州生まれの者を探した。

房州の館山で大きな火事があり、焼け出された人たちが難儀をしているのはまことの話だ。

日の本お助け組

そう染め抜かれた幟を立て、ほうぼうで助け金を募って災いを受けた土地に届ける。

上方の二人組はそんな善意の者を装っていた。

むろん、集まった助け金を正直に届けることはない。すべておのれのふところに入れてしまう。

「館山のためにひと肌脱ぎたいと、気合が入ってましたな、今日見つけたやつは」

年下の人相の悪い男が笑った。

「ちょろいもんや」

かしらがそう言って、茶碗酒をくいと呑み干した。

「日の本のどこかで災いは起きてますさかいに、飯の種には事欠きまへんな」

「そや。日の本お助け組はどこへでも行ったるで」

「がっぽがっぽと荒稼ぎ」

「ぐはははははは」

のどか屋の泊まり部屋に下卑《げび》た笑い声が響いた。

だが……。

次の刹那《せつな》、外でよく通る声が響いた。

「年貢の納めどきだぜ、悪党ども」

声を発したのは、安東満三郎だった。

七

「げえっ」

「なんでえ」

悪党どもがうろたえた。
ばっ、と障子が開く。
そこに立っていたのは安東満三郎ではなかった。
日の本の用心棒こと、室口源左衛門だった。
「頼むぞ、室口」
そうひと声かけると、あんみつ隠密は急いで階段を下りていった。
ほかの客は、火の粉が振りかからぬように、一階の泊まり部屋にひそかに集めてある。
「承知」
室口源左衛門が力強く答えた。
すでに抜刀している。
悪党どもは、このわしが許さぬ。
そんな気合に満ちた、いい面構えだ。
そのうしろには、時吉も控えていた。

硬い樫《かし》の棒を構えている。

かつては大和梨川藩で右に出る者のない遣い手だった。昔取った杵柄《きねづか》だ。

「ちっ」

二階から飛び下りて逃げようとした悪党が舌打ちをした。

「御用だ」

「御用！」

提灯《ちょうちん》が揺れる。

あんみつ隠密に抜かりはなかった。町方に声をかけ、周到に捕り網を張ってある。

そのなかには、韋駄天侍こと井達天之助と万年平之助同心の顔もあった。

「しゃらくせえ」

かしらが長脇差を抜いた。

「どけっ」

室口源左衛門に向かって、向こう見ずに斬りかかっていく。

「ぬんっ」

日の本の用心棒は、がしっと受けて押し返した。

間ができる。

「喰らえっ」

悪党のかしらは、今度は時吉に向かっていった。

「てやっ」

一瞬速く、樫の棒が動いた。

がんっ、と敵の頭に命中する。

したたかに打たれた悪党が目をむいた。

「とりゃっ」

すかさず室口源左衛門が峰打ちにする。

助け金だましのかしらはその場に倒れて悶絶《もんぜつ》した。

「御用だ」

「御用！」

捕り方が階段を駆け上がってくる。

もう一人の悪党は、戦う気力をなくしてへなへなと崩れ落ちた。

なすすべもなくお縄になる。

引き立てられていく。

「これにて、一件落着《らくちゃく》！」

火の粉のかからないところにいた安東満三郎が、最後に高らかに言い放った。

第五章　千部振舞《せんぶぶるまい》の宴

一

のどか屋の捕り物は、さっそくかわら版になった。

話を聞きつけた目出鯛三が素早く動き、あっという間に刷り物ができあがった。

こんな文面だ。

上方より流れてきし助け金だましの一味がお縄になれり。

わが日の本では、どこぞでももろもろの災ひが起きるものなり。地震、大雨、大風、火事、まさしく災ひの種は尽きず。

それにつけこみしが、助け金だましなり。災ひを受けし土地に関はる者を装ひ、人々の善意につけこんで、巧みに募りし助け金をば、あらうことかおのれのふところに入れてゐをり。憎むべきかな。まことにもつてあさましき所業なり。

さて、この助け金だましども、横山町の旅籠付き小料理のどか屋に投宿せり。悪党どもにとりては、この宿選びは運の尽きなり。

おかみのおちよと、二代目の千吉は、持ち前の勘ばたらきにて、これまでいくたびも手柄を立ててきたり。その千吉が、このたびも賊の尻尾をむんずとつかみたり。悪しき相談を耳にしたのどか屋の千吉は、しかるべき筋へただちに注進せり。

その晩、のどか屋にて捕り物が行はれり。あるじの時吉は元武家にて、昔取ったる杵柄で、樫の棒にて悪党どもをばつさばつさと打ち倒し、見ン事捕縛に導けり。

褒むべし、のどか屋。

善哉《よきかな》、善哉。

「おう、読んだぜ、かわら版」

中食に来たなじみの左官衆のかしらが言った。

「働きだったな、二代目《たけ》」

「おいらたちも鼻が高えぜ」

気のいい左官衆が口々に言う。

「いえ、つなぎに行っただけで」

千吉は謙遜して言った。

黒四組はこの世にないことになっているから、むろんかわら版には載っていない。

「あるじはめざましい立ち回りだったようだな」

今度は剣術指南の武家が言った。

今日は親子がかりの日だから、時吉も厨に入っている。

「いや、針を棒のごとくに書かれているだけで」

時吉は苦笑いを浮かべると、小気味よく平たい鍋を振りだした。

時吉が受け持っているのは、得意料理の一つの焼き飯だ。

ちょうどあの日に千吉が干した干物も入っている。干物をあぶってほぐすと、焼き飯のいい具になる。

ほかに、蒲鉾や葱や大豆が入る。塩胡椒と醤油で味つけし、もみ海苔と炒り胡麻を仕上げに振れば、香ばしい焼き飯の出来上がりだ。

片や、千吉は穴子の筏揚げを担っていた。

二幕目ならまっすぐな姿が美しい一本揚げにするのだが、なにぶん盛り付けに細長い皿が要り用になる。中食は合戦場《かっせんば》のような忙しさになるし、のどか屋では猫がちょろちょろする。お運びのときにぶつかったりしたら大変だから、一本揚げではなく筏揚げにしていた。

まず一本を揚げ、包丁でさくさくと切って、俵のように積んでいく。これなら小ぶりの皿でも大丈夫だし、荷を積んだ筏のようなさまになるから見た目も美しい。筏の脇に大根おろしとおろし生姜を品よく据え、天つゆを添えて供する。

椀はこれまた名物のけんちん汁だ。

豆腐と蒟蒻《こんにゃく》、それに牛蒡や葱などがふんだんに入った汁だ。冬場によく出す料理だが、夏場も身の養いになるから折にふれて出す。土の下で育つ牛蒡は、ことに力が出る。

「いつもながら、胡麻油の香りがいいな、のどか屋のけんちん汁は」

「穴子もさくさくだ」

「焼き飯はいくらでも胃の腑に入るぜ」

ほうぼうで箸と匙が小気味よく動いた。

「ありがたく存じます」

二代目のいい声が響いた。

好評のうちに、のどか屋の中食は今日も滞りなく売り切れた。

二

二幕目には黒四組の面々がのれんをくぐってきた。

「おう、今日は捕り物の打ち上げだ」

かしらの安東満三郎が言った。

「うめえもんをどんどん出してくんな」

万年同心が厨に向かって言う。

「今日はいろいろ仕込んでるよ、平ちゃん」

千吉が明るく答えた。

「かわら版を読みました」

韋駄天侍がそう言って座敷に上がった。

「わしは影も形もなかったがな」

室口源左衛門も続く。

「仕方あるまい。影御用だからな」

あんみつ隠密が言った。

「今日は小豆を炊いてありますので」

時吉が厨から言った。

「おう、とびきり甘くしてくんな」

甘いものに目がない黒四組のかしらが言った。

まず出たのは、南瓜の小倉煮《おぐらに》だった。

小豆を合わせた料理には小倉の名がつく。その色を京の小倉山の紅葉に見立てたのが名の由来だ。

ほっこりと煮えた南瓜と小豆。二種の甘みが響き合って実にうまい。

続いて、時吉が蛸《たこ》の小倉煮を運んできた。

「働きだったな、あるじ」

あんみつ隠密が言った。

「いえ、ちょっと働いただけで」

時吉は笑みを浮かべた。

「ばっさばっさと一人でやっつけたようにかわら版には書いてあったが」

日の本の用心棒が言う。

「それは目出鯛三先生の舞文曲筆《ぶぶんきょくひつ》で」

時吉が言った。

目出鯛三は昨日ちらりと顔を出した。『続料理春秋』の千部振舞の宴の打ち合わせを、狂歌師は上機嫌でしていた。千吉は大いに乗り気で、早くも仕込みに入っている。

「蛸がいい塩梅だな」

小倉煮を食した万年同心が満足げに言った。

「蛸は天麩羅も出すよ、平ちゃん」

厨で手を動かしながら、千吉が言った。

「おう、塩を振って食うといい肴になるんだ」

万年同心が渋く笑った。

その後は助け金だましの話になった。

なにぶん日の本じゅうを股にかけて悪事を繰り返していた連中だ。ほかにも仲間がいるのではないかと、火付盗賊《ひつけとうぞく》改方《あらためかた》の力も借りて厳しい責め問いにかけたところ、賊は洗いざらい吐いた。さしもの悪党どもも、そのうち根絶やしになるだろう。

「これでまたのどか屋は繁盛しますね」

酒を運んできたおちよに向かって、韋駄天侍が言った。

「ありがたいことに、かわら版を読んでお泊まりに見えたお客さまもいらっしゃいました」

と、おちよ。

「そりゃあ、何よりだ」

室口源左衛門が髭面をほころばせた。

蛸の天麩羅が来た。

さっそく箸が伸びる。

「うん、甘え」

あんみつ隠密の口から、お得意の台詞が飛び出した。

例によって、味醂にどばっとつけて食す。のどか屋の古いなじみでもある流山《ながれやま》の秋元《あきもと》家が醸造する特上の品だ。

「やっぱり塩だな」

万年同心が渋く笑った。

塩は播州赤穂《ばんしゅうあこう》の下《くだ》り塩。これも絶品だ。

「甘藷《かんしょ》の天麩羅も揚げます」

時吉が言った。

「おう、どんどん持ってきてくんな」
黒四組のかしらが小気味よく身ぶりをまじえた。

三

三日後――。
のどか屋の前にこんな貼り紙が出た。

けふの中食
うなぎどんぶり
きもすひ
こばち　香《こう》の物つき
四十食かぎり　四十文
二幕目は、宴でかしきりです
　　　　　　　　のどか屋

「今日は鰻屋《うなぎ》かい？」

珍しく中食に顔を見せた元締めの信兵衛が言った。

「ええ、いいものがたくさん入ったので」

千吉が笑みを浮かべた。

「夏場は精のつく鰻だな」

「脂《あぶら》がのっててうめえ」

「盛りもいいし、たれもたっぷりだ」

そろいの半纏をまとった植木の職人衆が言う。

「今日は何の打ち上げだい？」

近くに住む隠居が問うた。

「『続料理春秋』の千部振舞の宴で」

おちよが笑顔で答えた。

「そりゃめでたいね」

と、隠居。

「腕が鳴るな、二代目」

「鰻も宴で出すのかい？」

職人衆が問うた。

「ええ、せっかくですから。鯛もいいものが入ったので」

千吉が厨から答えた。

「なら、気張ってやってくんな」

「それにしても、この鰻丼はうめえな」

「肝吸《きもす》いまでついてるしよ」

職人衆は口々に言った。

「ありがたく存じましたー」

「またのお越しを」

おときとおけいの声が悦ばしく響く。

のどか屋自慢の中食は、今日も飛ぶように出て売り切れた。

四

宴は親子がかりで担うことも多いが、あいにく今日は長吉屋でも大きな宴が入っている。時吉も忙しいから、千吉だけで厨を受け持つことになった。

千部振舞の宴の客は次々にやってきた。

版元《はんもと》の灯屋のあるじの幸右衛門と、跡取り息子と番頭が顔を見せた。おかみは見世番もあるから顔を見せていない。聞けば、日を改めて近場の見世で家族だけで祝いをするようだ。

「世話になります」

派手な着物をまとった男が姿を現わした。

千吉がつくった紙をもとに『続料理春秋』の執筆に当たった狂歌師の目出鯛三だ。

「お待ちしておりました」

若おかみのおようが頭を下げた。

「楽しみにしてきました」

絵師の吉市が笑みを浮かべた。

「わたしはついでだから末席だね」

季川が一枚板の席を手で示した。

本当は療治の日だったのだが、宴に譲るかたちになった。

それなら、宴に加わって祝いの発句《ほっく》をと、話がとんとんと決まった。療治は明日に延ばしたので、一階の部屋に二日にわたって泊まる段取りになっている。

「いえいえ、余興では主役なので」

俳諧の弟子のおちよが笑って言った。

「お待たせいたしました。鯛の活けづくりでございます」

千吉が大皿を運んでいった。

「おお、友が来ましたな」

紅い鯛を着物や帯に散らした男が笑みを浮かべた。

「続いて、天麩羅をお持ちします。鰻もありますので」

千吉が笑顔で言った。

酒の注文も聞いた。

夏場ゆえもっぱら冷やだが、ぬる燗を所望する者もいた。初めの海老天が揚がりだすころには、酒も行きわたった。

「では、めでたい千部振舞の宴の幕開けということで」

目出鯛三が言った。

「ありがたいことで」

灯屋のあるじが頭を下げた。

「あとで入ってくださいまし、二代目」

目出鯛三が厨に声をかけた。

「承知で」

すぐさま答えると、千吉は海老天の油をしゃっと切った。

五

海老に続いて、鱚に茄子、終いに甘藷。天麩羅は次々に出た。

炊いておいた赤飯もふるまわれた。ぷっくりとしたささげがふんだんに入った自慢の赤飯だ。胡麻塩を振ればことのほかうまい。

「二代目もそろそろ一杯」

目出鯛三が酒器を手にした。

「では、ただいま」

千吉が答えた。

「次の相談もありますからね」

灯屋のあるじが言う。

「次、でございますか」

おちよがすかさずたずねた。

「早く次をと催促が厳しいので」

目出鯛三が苦笑いを浮かべた。

「『続々《ぞくぞく》料理春秋』ですね」

今度はおようが問うた。

「ええ。『料理春秋其ノ三』とか、ほかの名でもいいので、そのあたりのご相談も」

幸右衛門が答えた。

「まま、一杯」

目出鯛三が千吉に酒をついだ。

涼やかなぎやまんの酒器から、上物の下り酒がつがれる。

「頂戴します」

千吉は軽く一礼してから酒を呑み干した。

「ああ、おいしい」

声がもれる。

「二代目にしたためていただいた元の紙があったればこそ、こうして千部振舞ができるわけですから」

灯屋のあるじが笑顔で言った。

「ありがたいことで」

跡取り息子が頭を下げる。

「この先もよろしゅうお願いいたします」

番頭も如才なく言った。

「三冊目はどういうものでまいりましょうか」

吉市が訊いた。

「いろいろ手はありそうだね」

一枚板の席から隠居が言った。

「さようですね。『料理春秋』は季節ごとのおもだった料理、『続料理春秋』では煮る、焼く、揚げる、蒸すの調理法にしたがった分け方を採用しました。三冊目はまた目先を変えねばなりません」

幸右衛門が書肆のあるじの顔で言った。

「何か案はある？」

おちよが千吉にたずねた。

「うーん……季節に合う膳立てはどうかなと。これまでは寒鰤《かんぶり》の照り焼きなら照り焼きだけの紹介だったから」

千吉は少し思案してから答えた。

「なるほど。それなら、正月のおせちや節句の料理なども紹介できそうですな」

目出鯛三が乗り気で言った。

「華やかなお膳の絵を描けそうです」

吉市も言う。

「では、改めて元の紙を書いていただければと」

目出鯛三が千吉を見た。

「えっ、改めてですか」

千吉の顔に驚きの色が浮かんだ。

「それぞれの料理のつくり方はもう紙があるので結構ですが、どう組み合わせるかは、料理人さんに新たに道筋を示していただかないと書けませんので」

目出鯛三が言った。

「ここは腕の見せどころだね」

隠居が言った。

「もうひと気張りしたら？」

おちよが水を向ける。

「二冊続けて千部出たので、手間賃もそれなりに」

灯屋のあるじが笑みを浮かべた。

「気張ってくださいまし」

跡取り息子も言う。

「なら……時はかかるかもしれませんが、やらせていただきます」

千吉はそう請け合った。

「どうぞよろしゅうに」

幸右衛門がそう言って、また酒をついだ。

六

ややあって、鰻の蒲焼きと肝吸いが出た。

「あとは、締めに紅白蕎麦をお出ししますので」

千吉が気の入った声を発した。

「至れり尽くせりだね」

隠居がそう言って、蒲焼きを口に運んだ。

「早指南のほうもどうかよろしゅうに」

灯屋のあるじが目出鯛三に酒をついだ。

「いやあ、ははは」

狂歌師は急にあいまいな顔つきになった。

「笑ってごまかさないでくださいまし」

幸右衛門が言う。

「春宵さんのほうはいかがです？」

目出鯛三が訊いた。

早指南本は元人情本作者の吉岡春宵も手がけている。

「好評を博した『本所《ほんじょ》深川早指南』に続いて『両国早指南』も上梓《じょうし》に至り、早くもその次に取りかかっておられますよ」

書肆のあるじが圧しをかけるように言った。

「こちらは『品川《しながわ》早指南』の次の『千住《せんじゅ》早指南』で止まっておりますな。なかなか足を運ぶ機がないもので」

目出鯛三がすまなそうに言った。

「こうなったら、江戸四宿《ししゆく》の早指南本をすべて出しましょうとおっしゃったのは先生ですからね」

幸右衛門が笑みを浮かべた。

「いやあ、ははは」

狂歌師がまた笑ってごまかそうとしたとき、紅白蕎麦が運ばれてきた。

紅生姜を練りこんだぴりっと辛い紅蕎麦と、御膳粉を用いた真っ白な白蕎麦。見てよし、食べてよしの締めのひと品だ。

「二代目も、どうかよろしゅうに。『続々料理春秋』のほかにも、『諸国《しょこく》料理春秋』とか『東海道《とうかいどう》料理春秋』とか『中仙道《なかせんどう》料理春秋』とか、いろいろ出せますので」

灯屋のあるじがしたたるような笑みを浮かべた。

「ずいぶん増えてますね」

千吉はいくらか困り顔になった。

「料理春秋の三冊目は『続々』で決まりかい？」

隠居がたずねた。

「さようですね。著作が陸続《りくぞく》と上梓されることを願って『続々』でまいりましょう」

幸右衛門が両手を軽く打ち合わせた。

「『諸国料理春秋』なら、取材に行かなければいけないね」

隠居はそう言うと、少し迷ってから紅蕎麦に箸を伸ばした。

「はあ、でも、見世もあるので」

千吉は気乗り薄に答えた。

「まあ、先の楽しみということで」

おちよが言った。

「そうだね。『中仙道』や『東海道』なら、うちにゆかりの人をたずねがてら取材ということも」

と、千吉。

「いずれにしても、万吉とおひながもう少し大きくなってからね」

おようがクギを刺すように言った。

「それはそうだね」

千吉は笑みを浮かべた。

紅白蕎麦はきれいに平らげられ、蕎麦湯も行きわたった。

「では、師匠、このあたりで締めの発句を」

おちよが身ぶりをまじえた。

「はは、このために呼ばれたんだからね」

季川はそう言うと、おちよが膳立てをした筆を執り、うなるような達筆でこうしためた。

陸続と書物開くや夏の風

さきほどの会話に出ていた「陸続と」がさりげなく使われている。千部振舞の宴にふさわしい発句だ。

「なら、付けておくれ、おちよさん」

季川は弟子に筆を渡した。

「では、ふつつかながら」

おちよはそう言ってから、付け句をしたためた。

漂ひくるは夕餉の香り

「決まりましたな」

目出鯛三の声が響いた。

「本日はありがたく存じました」

主役の灯屋のあるじがていねいに頭を下げた。

「今後ともよろしゅうに」

「どうかお力添えを」

跡取り息子と番頭も和す。

千部振舞の宴は、ほどなく滞りなく幕を閉じた。

第六章　顔弁当と絵紙《えがみ》

一

「次にどの国の船が来るか、神のみぞ知るところでしょう」

総髪の学者が言った。

春田東明《はるたとうめい》だ。

「そなたの学殖《がくしょく》をもってしても、それは読めぬというわけだな」

筒堂出羽守がそう言って、酒をくいと呑み干した。

海防掛の補佐役という大事な御役がついた大和梨川藩主に対して、のどか屋の座敷で学者による進講が行われているところだ。

「わたくしの学殖などは微々たるものです。それに、海は諸国に向かって開かれておりますから」

春田東明が折り目正しく答えた。

「列強のどの国が開国を迫ってくるか、蓋を開けてみなければまったく分からぬというわけか。まあともかく、備えだけはしておかねば」

お忍びの藩主は引き締まった表情で言った。

「さまざまな備えをしていれば、いざというときにおのずと役に立ちましょう」

総髪の学者が言った。

ここで千吉が肴を運んできた。

「わたしも備えのつもりで、これを」

のどか屋の二代目がそう言って差し出したのは、穴子の一本揚げだった。

「なぜこれが備えになるのだ?」

筒堂出羽守がたずねた。

「外つ国の人は、箸を器用に使えないと思うんです。だから、素麵とかは厳しいかと」

千吉は軽く首をひねった。

「なるほど。細かいところに気がつくな」

快男児が白い歯を見せた。

「一本揚げなら、つかみやすいですからね」

春田東明も笑みを浮かべる。

「手づかみでも食べられますから」

千吉は身ぶりをまじえた。

「でも、素麵でも小さな器に盛って、啜るようにしたら食べられるんじゃないかと」

おようが言った。

「ああ、なるほど。冷たいつゆも張っておいてね」

千吉がうなずいた。

「そういう知恵をどんどん出していけばいい。これなら異国船が来ても、もてなしのほうは大丈夫だな」

お忍びの藩主はそう言うと、穴子の一本揚げを箸でつまみ、口中に投じ入れた。

さくっとかむ。

「いかがでしょう」

千吉が訊く。

「……うまい、のひと言」

筒堂出羽守は満面の笑みで答えた。

それを聞いて、のどか屋の二代目の表情が崩れた。

二

海防掛の補佐役と学者は、なおしばらく話をしてから引き上げた。

それと入れ替わるように、「小菊《こぎく》」のあるじの吉太郎《きちたろう》がのれんをくぐってきた。

「まあ、お久しぶりで」

おちよが出迎えた。

「こちらのほうに乾物の仕入れがあったもので」

吉太郎が笑みを浮かべた。

「そう。みなさんお達者で？」

おちよが訊く。

「ええ、みな達者にしています」

小菊のあるじが答えた。

時吉の弟子で、岩本町の湯屋のあるじの娘と一緒になり、跡取り息子も順調に育っている。のどか屋が岩本町で焼け出されたあと、普請をやり直してのれんを出したのが小菊だ。細工寿司とおにぎりがうまい見世として評判で、遠くから通う客も多い。

「それは何より」

と、おちよ。

「今日はお孫さんにおみやげを」

吉太郎は藤色の風呂敷包みをかざした。

「それはそれは」

おちよが笑みを浮かべた。

「ありがたく存じます。二階にいるので呼んできます」

座敷の拭き掃除をしていたおようがすぐさま動いた。

ややあって、万吉とおひなが下りてきた。

ちょっと前まではおようが抱っこしておひなを下ろしていたのだが、一段ずつ慎重にだがおのれの足で下りられるようになった。

「細工寿司をつくって持ってきたよ」

吉太郎が言った。

「さいくずし？」

おひながおうむ返しに問う。

「いろんなきれいなお寿司をつくってるんだ」

千吉が厨から出てきて言った。

「ありがたく存じます。なら、ちょうどお八つどきだし、ここでいただきましょう」

おようが座敷を手で示した。

「うんっ」

万吉が元気よく言った。

「じゃあ、開けてみるよ」

吉太郎は包みを解き、弁当箱とおぼしいものを取り出した。

さらに紐を解き、蓋を外す。

「わあ」

万吉が思わず声をあげた。

「きれい」

おひなも笑顔になった。

「さすがは吉太郎さん」

千吉が言う。

現れ出でたのは、二人のわらべの顔だった。

海苔や色をつけたでんぶや玉子焼きなどを巧みに用いて、二人のわらべの顔を表している。どちらが兄でどちらが妹か、見ればすぐ分かる。

「食べるのがもったいないわね」

のぞきこんだおちよが言った。

「酢飯でおいしいから、食べてね」

吉太郎が言った。

「なら、取り分けましょう」

おようがさっそく動いた。

「茶を入れてこよう」

千吉も続く。

ほどなく、支度が整った。

「なら、もったいないけど」

万吉がそう言っておのれの顔に箸を伸ばした。

「おひなちゃんもね」

おひなの口へはおようが運ぶ。

「おいしいっ」

万吉の声が響いた。

「そりゃよかった」

吉太郎が笑みを浮かべた。

「どう?」

およらが娘にたずねた。

おひなの小さな口がしばし動く。

「……おいしいっ」

兄に続いて、三つの娘も花のような笑顔になった。

三

万吉とおひなには、翌日もおみやげが渡された。

いつものどか屋を定宿《じょうやど》にしてくれている越中富山《えっちゅうとやま》の薬売り衆が半年ぶりに姿を現わし、きれいな絵紙《えがみ》をくれたのだ。

「いくらでもあるっちゃ」

かしらの孫助《まごすけ》が笑顔で言った。

「好きなだけ持ってって」

弟子の吉蔵《きちぞう》が座敷に色とりどりの絵紙を並べる。

「取り放題だっちゃ」

いちばん若い信平《しんぺい》が笑みを浮かべた。

越中富山の薬売りは、得意先に土産をまめに渡していた。

ことのほか喜ばれたのが、絵紙と呼ばれる売薬版画だ。

名所の景色や芝居絵、おとぎ話に暦《こよみ》、守り神や福の神など、蒐《あつ》めだしたらきりがないほどの数がある。

「なら、これを」

万吉が雷神《らいじん》の絵紙に手を伸ばした。

「いい好みだっちゃ、三代目」

孫助が笑う。

「看板娘はどれにするけ？」

吉蔵が問う。

「んーと、これ」

おひなはかぐや姫を選んだ。

去年も似たような絵紙をもらったが、絵柄が違う。

「よかったわね」

おようが笑みを浮かべた。

ここで、ふくとろくとたびが外から帰ってきた。座敷では二代目のどかと新参のこゆきが寝そべっている。

「みな達者そうで」

信平が言った。

「それが、小太郎が先だって亡くなってしまって」

おちよがそう告げた。

「小太郎って、あの毛がふさふさした猫け?」

吉蔵が驚いたように問うた。

「ええ。残念ですけど」

のどか屋のおかみの顔が曇った。

「きれいな猫だったのになあ」

と、信平。

「悲しいことだっちゃ」

かしらの孫助もしんみりした顔つきになった。

「のどか地蔵の横に卒塔婆を立てて、埋めてあげました」

千吉が言った。

「なら、お参りをするっちゃ」

孫助が腰を上げた。

「へい」

二人の弟子も続いた。

四

のどか地蔵に加えて、卒塔婆が並んでいる。

のどかの子のちの、ゆき、ゆきの子のしょう、それに、まだ木が若い小太郎のものだ。

「向こうで仲良く暮らすっちゃ」

「もう楽になったからよ」

「南無阿弥陀仏」

薬売り衆が両手を合わせる。

卒塔婆の近くには念仏を記した小さな木札が立っていた。生まれてまもなく亡くなり、名がついていなかった子猫たちを弔《とむら》う塚だ。

「小太郎のお墓には、南天《なんてん》を植えてやろうかと」

おちよが言った。

「そりゃあいいっちゃ」

吉蔵が言った。

「南天は花も実も楽しめるからよ」

孫助が表情をやわらげた。

「こちらの柿は、もう去年あたりから実が生《な》りはじめました」

おようがのどか地蔵の奥に植わっている木を手で示した。

「十年経ったからね」

千吉が言う。

「初代ののどかが亡くなったときに植えた木だから。早いものね」

おちよがしみじみと言った。

「桃栗三年、柿八年だっちゃ」

かしらの孫助がどこか唄うように言った。

「もう食えるのけ？」

吉蔵が問うた。

「いや、まだ甘くないんですが、吊るし柿にすればいけそうなので、今年からやってみることにします」

千吉が答えた。

「のどか柿ね」

おようが笑みを浮かべた。

「そう。料理にも使おうかと」

千吉が言う。

「ともかく、小太郎は幸太郎《こうたろう》さんも気に入ってたんだが、残念なことだっちゃ」

吉蔵が話を戻した。

「幸太郎さんはお達者で？」

おちよがたずねた。

幸太郎はかつては江戸組でのどか屋にもよく泊まってくれたのだが、琉球《りゅうきゅう》組に移ってご無沙汰になってしまった。

「ああ、達者だっちゃ。琉球の水が合うみてえで」

孫助が答えた。

「それは何より」

おちよが笑みを浮かべた。

「みゃーん」

ひと声ないて、こゆきが近づいてきた。

「おまえは長生きするっちゃ」

信平はそう言って、白猫の首筋をなでてやった。

こゆきがたちまち気持ちよさそうにのどを鳴らしだしたから、いくらか湿っぽかった場に和気が漂った。

五

越中富山の薬売り衆はしばらく逗留して、朝から日暮れまで忙しく得意先を廻り、次の正月の再会を約してのどか屋を発《た》った。

その翌日は親子がかりの日だった。

時吉が焼き飯、千吉がかき揚げを担い、けんちん汁をつけたにぎやかな中食の膳は滞りなく売り切れ、二幕目に入った。

元締めの信兵衛が現れ、一枚板の席に陣取って干物を肴に呑みだしてほどなく、珍しい客がのれんをくぐってきた。

「まあ、これはこれは、縁屋《えんや》さん」

おちよの顔がぱっと晴れた。

「ご無沙汰しておりました」

そう言って頭を下げたのは、豊島町《としまちょう》の提灯屋、縁屋のあるじの源太《げんた》だった。

「軒《のき》提灯をつくっていただいた職人さんだね。まあこちらへ」

元締めが一枚板の席を手で示した。

「なら、失礼しまさ。……冷や酒と何かつまみを」

縁屋のあるじが所望する。

「いらっしゃいまし。干物をあぶりましょうか」

時吉が出てきて問うた。

「ああ、では」

いくらか晴れない顔で、源太は答えた。

「承知しました。うちの里子は達者にしておりますか？」

時吉がたずねた。

「それが……ちょうちんはこのあいだ死んでしまいましてね。今日はそれを知らせに」

縁屋のあるじが沈んだ面持ちで答えた。

「さようでしたか……うちの小太郎もあの世へ行ってしまいまして」

時吉は感慨深げに告げた。

「ちょうちんちゃんと兄弟だったんですが」

おちよの表情が曇る。

「さようでしたか。そちらも愁傷なことで」

源太は両手を合わせた。

「いまごろは、兄弟で遊んでいますよ」

冷や酒を運んできた千吉が言った。

「療治の友のときから、ずっと一緒にいたもので。あいつのおかげで寿命を延ばしてもらったようなものですから」

縁屋のあるじはしみじみと言った。

小太郎とちょうちんは、これも昨年亡くなったゆきの子だ。ほかに、日和屋の十三で亡くなった娘の名と同じちさと、大和梨川藩の猫侍がきょうだいだった。

ちょうちんは青葉清斎の療治長屋にもらわれていった。胃の腑を悪くして療養していた源太がいたく気に入り、家業にちなんでちょうちんと名づけた。

療養の友の働きか、提灯屋のあるじは長患いを乗りきり、首尾よく本復して療治長屋を出た。ちょうちんも縁屋にもらわれていくことになった。そのちょうちんが、兄の小太郎の後を追うように亡くなってしまったらしい。

「小太郎のお墓は横手にありますので」

おちよが手で示した。

「さようですか。なら、あとでお参りしてから帰りまさ」

源太は寂しそうに答えた。

鯵の干物が焼けた。

その香りに誘われたのか、二代目のどかとこゆきが近づいてきた。

「似てないけど、親子なんです」

干物を運んできた千吉が言った。

「ちょうちんちゃんと小太郎のおっかさんのゆきちゃんにそっくりなので、生まれ変わりじゃないかと。それでこゆきという名に」

おちよが言った。

「猫の毛色もいろいろですな。ちょうちんは雉《きじ》猫だったけれど」

源太はそう言って、冷や酒をくいと呑み干した。

「こいつと同じ茶白の縞猫なら、ここじゃおなじみだけどね」

元締めが二代目のどかを指さした。

ふくとろくの兄弟も、おっかさんと同じ茶白の縞猫だ。弟のたびは白黒で足だけ足袋を履いたように白い。

「あら、この子」

おちよがそう言ってしゃがんだ。

「みゃあ」

こゆきがなく。

「どうかしたの？」

千吉が訊いた。

「こゆきちゃん、秋口にお産するわね」

おちよが答えた。

「へえ、ほんと？」

二代目の瞳が輝く。

「だったら、また里親を探さなければ」

時吉がすぐさま言った。

「のどか屋の猫は引く手あまただからね」

元締めが笑みを浮かべた。

「気張って産んでね」

おちよがこゆきに声をかけた。

尻尾にだけ縞が入っている目の青い白猫のもとへ、母猫の二代目のどかが歩み寄り、ぺろぺろとなめだした。母の情の証だ。

「おっかさんが『おまえに任せた』って言ってるな」

そのさまを見て、時吉が言う。

「代替わりだね」

と、元締め。

「いままで、たくさん気張っていい子を産んでくれたから」

こゆきを一生懸命なめてやっている二代目のどかを見て、おちよが言った。

「それなら……」

干物を肴に呑んでいた縁屋のあるじが口を開いた。

「ちょうちんの代わりに、また一匹もらうわけにはいかねえでしょうか」

少し思案してから、源太は言った。

「あいつがあの世へ行っちまってから、寂しくてしょうがねえんで」

縁屋のあるじは目をしばたたかせた。

「それはもう喜んで」

真っ先におちよが言った。

「子猫は何匹も生まれますから」

千吉はそう言ってこゆきを見た。

「では、縁屋さんが初めの約ということで」

時吉が白い歯を見せた。

「ありがてえこって」

源太は両手を合わせた。

「ちょうちんちゃんによく似た雉猫が生まれるといいですね」

おちよが笑みを浮かべる。

「それなら言うことなしですが、そううまい具合にいくかどうか」

提灯屋のあるじが首をかしげた。

「この子はゆきちゃんの生まれ変わりと言われていて、おっかさんと違う毛色で生まれてきたので」

千吉がこゆきを指さした。

「雉猫なら、また生まれるかもしれませんよ」

元締めが言った。

「なら、願を懸けてまさ。もちろん、ほかの毛色の猫でもいいんで。猫のおかげで寿命を延ばしてもらって、いまもこうやってつとめができてるんで」

縁屋のあるじはほまれの指をかざしてみせた。

「軒提灯には、いいつとめをしていただいています」

おちよが言った。

「まだ泊まり部屋に空きがあるときは遅くまで灯をともしているので」

時吉が和す。

「そりゃ職人冥利に尽きまさ」

源太が笑みを浮かべた。

「だったら、生まれたら知らせますので」

千吉が請け合った。

「それで、どの子猫にするか選んでいただいて、いくらか猫らしくなるまでうちで育ててから里子にお出しするという段取りで」

おちよが言った。

「承知しました。どうかよろしゅうに」

縁屋のあるじは深々と頭を下げた。

「気張って産むのよ、こゆきちゃん」

まだ母猫からなめられている白猫に向かって、おちよが言った。

「みゃ」

分かったにゃとばかりにこゆきが短くないたから、のどか屋に和気が生まれた。

第七章　秋刀魚《さんま》と釜揚げうどん

一

　のどか屋の中食に、今年初めて秋刀魚《さんま》が出た。

　まずは塩焼きだ。

　たっぷりの大根おろしを添えて供する。飯と味噌汁、小鉢と香の物がついたまっすぐな膳だ。

「今年もたくさん食うぜ」

「秋刀魚は蒲焼きもうめえからよ」

「活きのいいやつは刺身でもいける」

　なじみの大工衆が口々に言った。

「もうちょっとしたら、脂がのってうまくなるのだが」

いち早く食べ終えた剣術指南の武家が言った。

「いま一つでございましたか」

勘定場のおようが訊いた。

「いや、これはこれでうまかった」

武家の顔がほころんだ。

「そのうち茸《きのこ》もうまくならあな」

「秋の恵みだからよ」

「そうそう。炊き込み飯に天麩羅」

「松茸《まつたけ》を食いてえな」

こちらはそろいの半纏の左官衆だ。

「そのうち仕込みますんで」

厨から千吉が言った。

「おう、頼むぜ」

「しょっちゅう来てやるからよ」

気のいい左官衆が言った。

勘定を済ませて外へ出る。

「ありがたく存じました」

膳の残りが少なくなってきたので、客を止めるために外に出ていたおちよが頭を下げた。

「おっ、今日はいい日和だな」

「おっかさんの乳を呑んでるのかよ」

「偉《えれ》えな」

「みんな達者で大きくなれ」

門口に敷いた小さな花茣蓙《はなござ》の上に猫たちがいた。

まだ生まれて間もない子猫たちが競うように母猫の乳を呑んでいる。

母猫は、初めてのお産を済ませたこゆきだった。

二

こゆきは五匹の子を産んだ。

そのうちの一匹は残念ながら死産だった。どういう巡り合わせか、一匹だけ育たないことは以前からよくある。名を記した卒塔婆を伴う代々の猫の墓に加えて、木札を立て、去年から実をつけだした柿の分け木を近くに植えた塚もある。なきがらはそこに埋めてやった。

残る四匹は、まだ模様はあいまいだが、毛色と雄雌の区別はどうにかつくようになった。

二匹はのどか屋ではおなじみの茶白の縞猫だった。こゆきの母で祖母になった二代目のどかと同じ柄だ。これは雄と雌がいた。

三匹目は、母のこゆきと同じ白猫だった。柄が出てくるかどうかはまだ分からないが、見たところおっかさんと同じだ。これは雄だった。

残るはもう一匹だ。

「なら、行ってくるよ」

その子猫を指さして、千吉が言った。

今日は親子がかりの日で、二幕目の仕込みも済んでいる。

「ああ、お願い」

猫たちのさまを見ながら、おちよが言った。

子猫たちに乳をやっているこゆきを、少し離れたところでひなたぼっこをしながら二代目のどかが見守っている。母猫がちゃんとつとまるかどうかと、いくらか心配そうだ。

「やっぱり間違いないね」

千吉が言った。

「がらっと変わることはないと思う」

と、おちよ。

「きっと喜ぶよ、縁屋さん」

千吉が笑みを浮かべた。

残るもう一匹の子猫は、縁屋のあるじの療治の友だったちょうちんと同じ雉猫のようだった。

三

「ありがてえ」

源太が両手を合わせた。

提灯づくりのつとめはひと息ついたところだったらしく、縁屋のあるじは千吉とともに戻ってきた。

生まれてきた子猫をいまその目で見たところだ。

「みんなで寝てるよ」

万吉が指さした。

日のあたるところで、母猫のこゆきと四匹の子猫たち、それに、二代目のどかも一緒に寝ている。

「なかよし」

おひなが笑みを浮かべる。

「仲良しでいいわね」

おようが笑顔で言った。

「ほんとに生まれ変わってきてくれたのかもしれねえ」

縁屋のあるじが目をしばたたかせた。

「偉かったわね、こゆきちゃん」

おちよが母猫の労をねぎらった。

「ありがとよ、おっかさん」

こゆきに向かって、源太がしみじみと言う。

「大きくなったら、ちょうちんちゃんとなお似てくるかもしれませんね」

おちよが言った。

「名前は？」

万吉がやにわにたずねた。

「そうさな……」

源太が腕組みをした。

「またちょうちんってわけにもいかねえや」

提灯屋のあるじが首をひねる。

「この子は雌ですしね」

と、およう。

「なら、ちょうちんの生まれ変わりらしい名を思案しておきまさ」

源太は腕組みを解いた。

「あとひと月くらいでお渡しできるかと」

おちよが言った。

「大きくなる？」

おひながたずねた。

「なるわよ。おひなちゃんだってこんなに大きくなったんだから」

おちよが答えた。

見世のほうからいい匂いが漂ってきた。

「秋刀魚の蒲焼きはいかがでしょう」

時吉が出てきて水を向けた。

「なら、子猫をもらう祝い酒で」

縁屋のあるじが笑顔で答えた。

四

「うちに残すのはこの子にしよう」

千吉がそう言って指さしたのは、母猫と同じ白猫だった。

「わたしもそう思った」

おようが笑みを浮かべた。

縁屋のあるじはひとしきり酒肴を楽しんでから帰っていった。

それからしばらく、新たに来た三人の泊まり客が座敷で呑み食いをしていた。ここでも秋刀魚の蒲焼きを出したところ、いたく評判がよかった。

客は上機嫌で浅草へ繰り出していった。それを見送り、座敷の片づけが終わったところだ。

日が当たらなくなった頃合いに、こゆきと子猫たちは中に入ってきた。いまは座敷の隅に敷かれた座布団の上でまるまっている。居心地のいい場所にいち早く陣取ることにかけては、猫は人より格段に上手《うわて》だ。

「白い子を残すんだね」

万吉が言った。

「そうだよ。雄だから、名を思案しないと」

千吉はあごに手をやった。

「何かいい名はない？」

おようが子供たちに問うた。

「おひなは？」

万吉は妹に問うた。

「んーと……」

おひなが首をかしげる。

「こゆきちゃんが産んだ白猫さんだからね」

と、およう。

「まあ急ぐことはないから」

千吉が笑みを浮かべた。

「そのうちいい名も浮かぶだろう」

厨から時吉が言った。

ややあって、隠居の季川がのれんをくぐってきた。

今日は療治の日だ。さほど間を置かず、按摩の良庵と女房のおかねも姿を見せた。

「子猫を見ながらの療治も、なかなか乙《おつ》なものだね」

座敷で腹ばいになった季川が言った。

「早くもあと二匹になりました」

千吉が言った。

「それなら、すぐ決まりますね」

おかねが言う。

「のどか屋さんの猫は福猫だという評判ですから」

隠居の腰をもみながら、良庵が言った。

按摩の夫婦の言うとおりだった。

残りの里親も、次々に決まった。

五

「たまには顔を出さんと、死んだかと思われてまうさかいにな」

大和梨川藩の江戸詰家老が笑って言った。原川新五郎《はらかわしんごろう》だ。

「お達者そうで何よりで」

おちよが笑顔で言った。

縁屋のあるじが子猫を見に来てから幾日か経った。

原川新五郎は駕籠で、二人の勤番の武士、稲岡一太郎と兵頭三之助は徒歩《かち》にてのどか屋へやってきた。

子猫が生まれたという話を聞いて訪れ、さっそく検分を済ませたところだ。

「まあぼちぼちや。今日はうまいもんを食わしてや」

原川新五郎が笑みを浮かべた。

「秋風が吹くようになったので、あたたかい釜揚げうどんをお出しします」

厨から千吉が言った。

「ええな」

と、原川。

「まずは一杯、ご家老」

稲岡一太郎が酒をついだ。

「あっ、それはどやろな」

兵頭三之助が声を発した。

今日はおときの将棋指南の日だ。元締めの信兵衛が二枚落ちで対戦していたが、どうやらもう敗勢らしい。

「いや、もうじき投げますから代わってくださいまし」

元締めは苦笑いを浮かべた。

「ほな、終わったら久々に対戦やな」

将棋の名手が腕を撫した。

「ええ、お願いいたします」

娘将棋指しが笑顔で答えた。

将棋の競いでも戦った間柄だ。

「今日は殿……じゃなくて筒井さまはおつとめで？」

おちよがたずねた。

大和梨川藩主の筒堂出羽守は、お忍びの際は筒井堂之進と名乗る。

「海防掛のほうの寄合でな。いざっちゅうときにどんな手を打つか、いろいろ決めとかなあかんさかいに」

江戸詰家老が答えた。

「大変でございますね」

と、おちよ。

「で、猫侍のほうですが、雌でよろしいでしょうか」

稲岡一太郎が江戸詰家老に訊いた。

「そやな。近隣の大名や旗本の屋敷からもくれっちゅう声がかかってるさかいにな。べつに子が増えてもええ」

原川新五郎が答えた。

「承知しました。では、茶白の雌のほうを猫侍に。あるじにも伝えておきます」

おちよが笑みを浮かべた。

「顔を見たいさかいに、今日は戻るまで腰を据えて呑むで。まずは腹ごしらえやがな」

江戸詰家老が言った。

「いま上がりますので」

千吉のいい声が響いた。

おようとおちよも手を貸して、釜揚げうどんを運んだ。

万吉とおひなは表で遊んでいる。大松屋の升吉《ますきち》も来ているから、わらべの声でにぎやかだ。

「お待たせいたしました」

おようが盥《たらい》とつゆと薬味を置いた。

「釜揚げうどんでございます」

おちよも続く。

「熱いうちにどうぞ」

最後に千吉が原川新五郎の前に盆を置いた。

「おお、こらうまそうや」

江戸詰家老がさっそく箸を取った。

「参りました」

元締めが投了した。

「ありがたく存じました」

おときがていねいに頭を下げた。

「ほな。うどんを食うたらお願いや」

将棋の名手が言った。

「はい」

おときがいい声で答えた。

「ああ、五臓六腑にしみわたる味ですね」

稲岡一太郎が言った。

うどんはたっぷりの湯で茹でる。

ふきこぼれそうになったら差し水をし、茹であがったら湯ごと盥に張って供する。

釜揚げの名があるゆえんだ。

つけだしも温めておき、とりどりの薬味を添える。

もみ海苔、切り胡麻、おろし生姜、刻み葱、削り節。

どれも風味豊かだ。

「今日来てよかったわ」

釜揚げうどんを食した江戸詰家老が笑みを浮かべた。

「続いて、牡蠣の葱味噌煮をお出ししますので」

千吉が厨から言った。

「ああ、どんどん持ってきてや」

原川新五郎が右手を挙げた。


どの猫が残るの？

この白い子。

名前は？

まだこれから。


表からわらべたちの声が響いてくる。

こゆきと子猫たちはともに日向ぼっこをしているようだ。

牡蠣の葱味噌煮が出た。

刻み葱を味噌に練りこみ、牡蠣が縮まないくらいにさっと煮て、白髪《しらが》葱を天盛りにする。小粋なひと品だ。

「これもうまいわ」

味わうなり、原川新五郎が満足げに言った。

「お願いします」

「ああ、よろしゅうに」

座敷では将棋が始まった。

子猫を選びにきた大和梨川藩の面々は、時吉が戻って外が暗くなるまで、のどか屋の酒肴を存分に楽しんだ。

六

残る一匹の里親が決まったのは、その二日後のことだった。

のどか屋を訪れたのは、青葉清斎だった。

「縁屋さんから聞きましてね」

総髪の医者が言った。

「縁屋さんがそちらに？」

茶を運んできたおちよが訊いた。

「ええ、のどか屋さんに亡くなった猫と同じ柄の子猫が生まれた。さだめし生まれ変わりに違いないから、真っ先に里親の手を挙げたと、それはそれは嬉しそうに言っていましたよ」

清斎は笑顔で答えた。

「ちょうちんちゃんと同じ雉猫がいたので」

おちよも笑みを浮かべた。

「あと一匹、残っていますが」

千吉が厨から言った。

「どの猫でしょう」

清斎が腰を上げた。

こゆきと子猫たちは、座敷で猫団子になって寝ていた。

見ただけでほっこりする景色だ。

「うちではおなじみの茶白の縞猫は、雄と雌が生まれました。そのうち、雌は大和梨川藩の猫侍にお取り立てに」

おちよが伝えた。

「おっかさんと同じ白猫はうちに残すことに。まだ名は決めていないのですが」

釜揚げうどんの支度をしながら、千吉が言った。

好評につき中食でも出すことも考えたのだが、盥にあたためたつけ汁にとりどりの薬味がつくと大きな盆が要り用になる。混み合う中食には向かないので、いくらか打っておいて、二幕目に所望があれば出すことにしていた。

「では、残りものに福があるということで。茶白の雄を」

本道の医者が笑みを浮かべた。

「承知しました。また療治の友に」

おちよが笑顔で答えた。

「しばらく経ったら、弟子に引き取りに来させましょう」

清斎が言った。

これですべての子猫の里親が決まった。

あとは母猫のお乳を呑んで、猫らしくなったところで里親のもとへ向かう。

ややあって、釜揚げうどんが出た。

総髪の医者に供される。

「これから寒くなると、さらにありがたた味が増しますね。体の芯からあたたまるし、薬味もそれぞれの働きをしてくれます」

薬膳にくわしい医者が言った。

ここでこゆきが座敷から下りた。

清斎のほうに近づいてくる。

「子を一匹、いただくことにしたよ。療治長屋でつとめてもらうからね」

白猫に向かって、医者が言った。

「みゃ」

承知したとばかりにこゆきが短くないたから、のどか屋に和気が漂った。

第八章　海山の幸膳

一

秋刀魚に脂がのってきた。
茸もふんだんに入るようになった。海山の幸がことにうまくなる季《とき》だ。

けふの中食
海山の幸膳
さんま塩やき
きのこたきこみごはん
けんちん汁

四十食かぎり四十文

のどか屋の前にそんな貼り紙が出た。

「見ただけで満腹になりそうだな」

「なら、見ただけで帰《けえ》りな」

「んな殺生な」

「ともかく入《へえ》るぜ」

なじみの大工衆が掛け合いながら入ってきた。

「飯も汁も具だくさんだな」

「ちょうどいい味で」

「秋刀魚も食いごたえがあるぜ」

先客が口々に言う。

座敷の隅では、子猫たちが母猫のこゆきの乳を呑んでいた。

「だいぶ大きくなったな」

剣術指南の武家が言う。

「ええ。そろそろ里親さんにお渡しする頃合いで」

膳を運んできたおけいが言った。

「うちの道場にも一匹どうでしょう。鼠を捕ってくれたらありがたいので」

武家の弟子が言った。

「あいにく里親さんはすべて決まっておりまして」

聞きつけたおちよが伝えた。

「引く手あまただろうからな、のどか屋の猫は」

武家はそう言うと、醬油をたらした大根おろしをたっぷりのせた秋刀魚の身を口中に投じた。

「早めに約しておかねばならないんですね」

と、弟子。

「また子を産むでしょうから、その節はよろしゅうに」

おちよが如才なく言った。

「思案しておこう」

剣術指南の武家が笑みを浮かべた。

二

海山の幸の膳は好評のうちに売り切れ、二幕目に入った。

久々の常連客がのれんをくぐってくれた。

野田《のだ》の醤油づくり、花実屋の番頭と手代だ。しばらく逗留し、江戸の得意先を廻るらしい。

「おっ、猫が増えてますな」

番頭の留吉《とめきち》が言った。

「ええ。そろそろ里子に出す頃合いで」

おちよが笑みを浮かべた。

「みなかわいいですね」

若い手代の栄太郎《えいたろう》が白い歯を見せた。

かつてはあるじの喜助《きすけ》が自ら足を運んでいたのだが、番頭と若い者に任せるようになった。のどか屋とは古いなじみで、千吉が野田を訪れ、思わぬ手柄を立てたこともある。

「そうそう、竜閑町の安房屋さんへはいらっしゃいますね？」

おちよがふと思いついてたずねた。

「ええ。今日、真っ先に向かうつもりです」

留吉が答えた。

「では、お手数ですが、同じ敷地にある青葉清斎先生の診療所にお立ち寄りいただいて、子猫がだいぶ大きくなったのでいつでもお引き取りくださいとお伝え願えないでしょうか」

おちよはそう頼んだ。

「お安い御用です。清斎先生のところへ里子に出すんですか」

花実屋の番頭が笑みを浮かべた。

「ええ。療治長屋の友として里子に出すことに」

おちよは笑みを浮かべた。

「では、お茶と何かまかないを頂戴してから出かけますので」

留吉が言った。

「茸の炊き込みご飯ができますが」

千吉が水を向けた。

「それはぜひ」

「頂戴します」

花実屋の番頭と手代がすぐさま答えた。

ほどなく支度が整った。

「お待たせいたしました」

千吉が自ら運ぶ。

「花実屋さんのおいしいお醬油を使っていますので」

おちよが言う。

「秋刀魚の塩焼きにも、花実屋さんのお醬油は欠かせませんね」

千吉も和した。

「ありがたく存じます。……ああ、これはおいしい」

茸の炊き込みご飯を口中に投じ入れるなり、留吉が言った。

「江戸へ来て良かったという味です」

若い手代も笑みを浮かべる。

それを聞いて、のどか屋の二代目は満足げにうなずいた。

三

花実屋の番頭が伝えたところ、明日、清斎の弟子の文斎《ぶんさい》が引き取りに来てくれることになった。これでひと安心だ。

名物の豆腐飯の朝餉に舌鼓を打つと、花実屋の二人はべつの得意先に向かった。大きな嚢《ふくろ》に見本を詰めた瓶をいくつも入れ、得意先に新たな品の舌だめしをしてもらう。あきないがまとまれば、野田から荷を送るという段取りだ。

その日は親子がかりの日だった。

時吉が秋刀魚の蒲焼きを、千吉が茸の天麩羅を担う。

茸は松茸と舞茸《まいたけ》と平茸《ひらたけ》だ。

風味豊かな松茸に、塩胡椒を効かせた舞茸と平茸。どれも存分にうまい。

これに茶飯とけんちん汁と香の物がつく。にぎやかな膳だ。

「蒲焼きの香りに誘われてよ」

「初めから来るつもりだったじゃねえか」

「天麩羅もうまそうだ」

なじみの左官衆が掛け合いながら座敷に陣取った。

「あ、縁屋さん、いらっしゃいまし」

おようが声をかけた。

のどか屋に姿を現わしたのは、縁屋のあるじの源太だった。

「また子猫の様子を見に来ました」

提灯屋のあるじが言った。

「もういつでも良うございますよ。清斎先生のところは、今日の二幕目にお弟子さんが引き取りに見える段取りになりまして」

おちよが伝えた。

「さようですか。なら、善は急げで、籠を用意して、また出直してきますよ」

源太が笑顔で答えた。

「それはそれは、ご苦労さまでございます」

おちよが頭を下げた。

「おつとめのほうはよろしいので?」

おようが気づかった。

「なに、弟子の腕が上がってるし、今日もひと気張りしてから来たんで」

縁屋のあるじが言った。

膳が来た。

「おお、こりゃ豪勢だ」

源太はさっそく箸を取った。

まずけんちん汁を啜り、秋刀魚の蒲焼きを口中に投じ入れる。平茸の天麩羅をつゆにつけて食し、茶飯に香の物をのせてほおばる。

「どれもうめえ」

提灯屋のあるじは満足げに言った。

その後も箸は小気味よく動き、膳はきれいに平らげられた。

「ああ、うまかった。なら、のちほど迎えに来まさ。もう名は決めたんで」

源太が勘定場で言った。

「何という名です？」

おようがたずねた。

「ちょうちんの生まれ変わりの雌猫だから、提灯つながりで『あかり』と」

里親になる男が答えた。

「へえ、いい名前ですね」

若おかみの顔がぱっと晴れた。

「呼びやすくて、かわいい名です」

おちよも笑みを浮かべる。

「かかあや子や弟子、みなで思案してつけた名で」

源太は答えた。

子猫たちは表で母猫のこゆきとともに日向ぼっこをしていた。

「迎えに来るからな、あかり」

去りぎわに、源太は情のこもった声をかけた。

四

文斎が先に到着した。

手で提げられる籠の中には、周到に小さな後架《こうか》(便所)まで入っていた。そのあたりに抜かりはない。

しかし……。

猫は易々とつかまったりはしなかった。しかも、二匹いる茶白の縞猫のうち、療治の友になるのは雄のほうだ。雌は大和梨川藩の猫侍になることになっている。取り違えてはならない。

雄か雌かたしかめようとしているうち、どちらも子猫なりに懸命に逃げ出した。

「こら、待て」

時吉があわてて追ってつかまえた。

「あっ、こっちは雌だ。ごめんね」

千吉が放してやる。

「よし、いい子だ」

時吉は籠に子猫を投じ入れた。

「すみません」

文斎が蓋をして手早く紐を掛ける。

こうしておけば安心だ。

「よしよし、いい子ね。かわいがっていただくからね」

不満げな様子のこゆきを、おようがなでてなだめる。

ここで縁屋の源太が籠を提げて入ってきた。

「あっ、これはこれは」

文斎の顔を見るなり言う。

療治長屋に長くいたから、むろん顔なじみだ。

「いま、お先にいただいたところです」

少壮《しょうそう》の医者が白い歯を見せた。

羽津の弟子の綾女《あやめ》と結ばれ、子も三人になった。清斎とともに患者たちの信も篤い。

「さようですか。おいらはちょうちんと同じ雉猫をいただくことに」

源太が笑みを浮かべた。

「同じ柄の猫が生まれたそうですね」

と、文斎。

「ちょうちんが生まれ変わってきてくれたんでさ」

縁屋のあるじは目をしばたたかせた。

ほどなく、支度が整った。

雉猫のあかりは提灯屋へ、茶白の縞猫は清斎の療治長屋へ、それぞれ里子に出される。

「どうかよろしゅうに」

時吉が頭を下げた。

「かわいがってやってくださいまし」

おちよも和す。

「承知しました。大事にしますので」

縁屋のあるじが引き締まった顔つきで答えた。

「おまかせください」

文斎も請け合う。

「どちらも達者でね」

おようが声をかけた。

「たっしゃでね」

おひなが小さな手を振る。

「気張ってね」

万吉も声をかけた。

「また様子を知らせてくださいまし」

最後に、千吉が言った。

「承知しました。また来ますんで」

籠を提げた提灯屋のあるじが、明るい表情で答えた。

五

最後の里子が引き取られていったのは、翌《あく》る日の二幕目だった。

大和梨川藩の勤番の武士たちが籠を提げてのどか屋を訪れたのだ。

「猫侍をもろていきますで」

兵頭三之助が言った。

「雌ですが、まあ猫侍ということで」

稲岡一太郎が笑う。

「承知しました」

おちよが答えた。

座敷にいたこゆきと二匹の子猫のもとへ、千吉とおようが歩み寄った。

「白い子はうちに残してあげるからね。ごめんね」

母猫に向かって、千吉が言った。

「いい子ね」

おようも情のこもった声で言う。

「すまんな、おっかさん」

将棋の名手も猫に声をかけた。

「では、今日から大和梨川藩士だ」

二刀流の遣い手がそう言って、茶白の子猫をひょいとつかみあげた。

「ふうっ」

こゆきがわが子に何をするとばかりに威嚇《いかく》する。

「かわいがっていただくからね。大丈夫だからね」

そう言いながらも、おちよは胸が詰まる思いだった。

いままで何度も目にしてきたが、母猫の気持ちは痛いほど分かった。

「すまんな。大事にするさかいに」

兵頭三之助が重ねて言った。

「鼠をたんと捕ってくれ」

稲岡一太郎が籠に入れた子猫に向かって言った。

「よろしゅうお願いいたします」

おちよがていねいに頭を下げた。

「どうかよろしゅうに」

およう も続く。

「仲間もおりますよってに。すぐ慣れまっしゃろ」

兵頭三之助が笑みを浮かべた。

「では、いただいてまいります」

稲岡一太郎が籠をかざした。

こうして、最後の子猫がもらわれていった。

六

「あとは名前か」

のどか屋に戻った時吉が言った。

「うちに残す子だから」

明日の仕込みを終えた千吉が言った。

その子猫を、母猫のこゆきが愛おしそうになめている。

「その子はずっとここにいるからね」

おちよが言った。

座敷では、ふくとろくとたびが団子になって寝ていた。いくらか離れたところには二代目のどかが眠っている。小太郎は虹の橋を渡ってしまったが、ほかの猫たちは達者だ。

「何かいい名は思いついた？」

おようが千吉にたずねた。

「うん。こゆきの子の男の子で、小太郎の生まれ変わりみたいなものだから、凛々《りり》しい名がいいと思ってね」

千吉は答えた。

「ああ、そうね」

おようがうなずく。

「どんな名だ？」

時吉が問うた。

「歌舞伎役者みたいな名で、おっかさんからも一字採ったらどうかと思って」

千吉はなおも間を持たせた。

「どんな名前なの？」

いくぶん焦《じ》れたように、おちよがたずねた。

頃合いと見た千吉は、歌舞伎役者が見得《みえ》を切るようなしぐさをまじえて答えた。

雪之丞《ゆきのじょう》

「ああ、いいわね」

おちよが真っ先に答えた。

「雪之丞だって」

おようが子猫に向かって言った。

こゆきがなめるのをやめて若おかみを見る。

「名がついたから、これからずっとうちの子よ」

おようが笑みを浮かべた。

「みゃ」

分かったにゃとばかりに、こゆきが短くないた。

「用心棒もつとまりそうな名だな」

時吉が言った。

「そうね。うちのちっちゃな用心棒」

おちよがどこか唄うように言った。

ほどなく、表で遊んでいた万吉とおひなが戻ってきた。

「子猫の名が決まったよ」

千吉が告げた。

「どんな名前？」

万吉が問う。

「雪之丞」

父が教えた。

「ゆきのじょう？」

おひなが繰り返す。

「そう。大事にしてあげてね」

おようが言った。

三つの娘は子猫に近づいた。

びくっと一つ身をふるわせたが、雪之丞は逃げたりしなかった。

ただし、母猫は警戒したようで、子猫の前に盾のように立ちはだかった。

「だいじ、だいじ」

　おひなは雪之丞の代わりにこゆきの背中をなでた。

「そうそう、大事ね」

　おようがうなずく。

「うちの猫たちはみな大事だ」

　一枚板を拭きはじめた時吉が言った。

「これからもよろしくね」

　おちよが言う。

「だいじ、だいじ」

　おひながなおもこゆきの背をなでる。

　初めは警戒していた母猫がのどを鳴らしはじめた。

「ごろごろ言ってる」

　おひなが声をあげた。

「良かったね」

　兄の万吉が笑顔で言った。

「よし、明日からも猫たちと一緒に気張るぞ」

　千吉が両手をぱんと打ち合わせた。

第九章　鯖《さば》の味噌煮とはさみ焼き

一

のどか屋の厨の隅に、新たな帳面が置かれた。

次の『続々料理春秋』に向けて、元の紙をつくるための下ごしらえのようなものだ。料理をつくりながら思いつくことはある。墨を磨る手間は要るが、間を置かずに書きとめておき、あとで元の紙をつくればいい。

その紙に基づいて、狂歌師の目出鯛三が読みやすい本の体裁《ていさい》に仕上げていく。料理と同じで、書物もさまざまな段取りを経てかたちになっていく。

その日の中食は、松茸飯と秋刀魚の塩焼き、それに豆腐とほうれん草の味噌汁という膳立てだった。

厨で手を動かしながら、千吉はふと料理を思いついた。

四十食の中食の膳をつくり終え、あとはお運びのみという段になってから支度をし、真新しい帳面に筆でこうしたためる。

はうれんそう　あを菜のおひたし

まつたけやいてのせる

思いついた料理は、二幕目にさっそく試してみた。

ほうれん草を茹でて水に取り、さましてから水気を絞って一寸ほどの長さに切る。

だしに薄口醬油、煮切った味醂を加えて浸し地をつくり、ほうれん草をつけてしばらく置く。

これに焼き松茸を合わせる。

裂いてのせた松茸には味がついていないから、混ぜ合わせて食せば小粋な肴になる。

舌だめしをしたのは岩本町の御神酒徳利だった。

「おう、こりゃうめえ。ほうれん草と松茸がよく合ってら」

野菜の棒手振りの富八がほめた。

「小松菜《こまつな》や水菜《みずな》でもつくれるかも」

千吉が言った。

「松茸をさっとあぶってあるとこがいいやね」

湯屋のあるじの寅次も満足げに言った。

「ほうれん草ならちょうどいいや。春菊《しゅんぎく》だったら香りがきつすぎるがよ」

富八が野菜の棒手振りらしいことを言った。

「松茸の香りと喧嘩しちゃいますからね」

と、千吉。

「何にせよ、こりゃこの先も出せるぜ」

湯屋のあるじがそう請け合った。

「なら、出しますよ」

千吉が笑顔で答えた。

二

余勢を駆って、鯖の味噌煮の勘どころも帳面に記した。

舌だめしをするのは、療治の日に当たっていた隠居の季川だ。

「鯖がおいしい季になってきたんだねえ」

療治を終えて一枚板の席に移った隠居が言った。

「秋鯖ですから」

おちよが笑みを浮かべた。

千吉はしきりに筆を走らせていた。

さば
小ほねぬき　片身二つ切り
かざり包丁
しもふり
まるまつたらあらふ

「書くことがいっぱいあるよ」

猫の後架の始末に来たおように向かって、千吉が言った。

のどか屋の猫になった雪之丞は、母猫のこゆきと一緒に座敷の隅で寝ている。親子はいつも仲良しだ。

「そこは手を抜かずに」

おようがクギを刺すように言う。

「ああ、分かってる」

そう答えると、千吉はまた勘どころを記しはじめた。

水とさけ、煮立てる
さば入れて、白つぽくなつたら
さたう少々

「えーと、それから、味噌だね」

千吉は声に出しながら帳面に記していった。

「白味噌の粒を裏ごしして、口当たりをよくする」

手を動かしながら言う。

「そのひと手間が大事だね」

一枚板の席に陣取った隠居がそう言って、猪口の酒を呑み干した。

「そのとおりで。それから……」

厨の千吉は鍋に歩み寄った。

「鍋に醬油を加えて煮る。煮汁が半分くらいになったら……」

千吉は味噌の鉢を手に取った。

ここは先に帳面に記す。

みそをとき
しやうがをくわへ
にたつたら
酢をふりて
さつとにる

「生姜と酢が勘どころね」

おようが言った。

「そうだね。鯖の脂っぽさをやわらげてくれるから」

千吉が笑みを浮かべた。

段取りは進んだ。

最後に白髪葱をのせれば、まろやかな鯖の味噌煮の出来上がりだ。

さっそく隠居に供する。

「来たね」

季川が笑顔で箸を取った。

ゆっくりと舌だめしをする。

秋鯖やことに味噌煮のまろやかさ

隠居は発句で感想を示した。

おようがおちよのほうを見た。

「付け句ね」

と、おちよ。

「はい」

若おかみは笑顔でうなずいた。

こめかみに指を当ててしばし思案すると、おちよはこんな付け句を披露した。

鯖も秋刀魚も季節の恵み

「『さ』でうまく韻を踏んでいるね」

俳諧の師の白い眉がやんわりと下がった。

三

翌日は親子がかりの日だった。

時吉は具だくさんの焼き飯とけんちん汁、千吉は手のこんだ料理を担った。

鯖と椎茸《しいたけ》のはさみ焼きだ。

鯖と椎茸をかわるがわるに食せば、鯖の臭みや脂っぽさが口に残らない。

椎茸は軸を落とし、だしと薄口醤油で煮て冷ましておく。

鯖は三枚におろし、腹骨をそいで塩を振り、四半刻（約三十分）ほどおく。それからさっと洗い、小骨を抜いてそぎ切りにする。

ここからが工夫だ。

半月切りにした大根に金串を五本通し、台のようなものをつくっておく。

その上に、鯖と椎茸を互い違いにのせ、金串を三本、しっかりと通す。

いよいよ焼きだ。

椎茸の煮汁をかけながら両面をこんがりと焼き、金串を外して盛り付ければ、見た目も楽しい鯖と椎茸のはさみ焼きの出来上がりだ。

「海のものと山のものがいっぺんに食えるな」

「焼き飯にも干物が入《へえ》ってるぞ」

「けんちん汁も具だくさんだし、腹一杯だ」

そろいの半纏をまとった左官衆が口々に言った。

「焼き加減もちょうどいいよ」

近所の隠居が満足げに言う。

「ありがたく存じます」

厨から千吉の明るい声が響いた。

「鍋振りも値のうちだな」

一枚板の席に陣取った剣術指南の武家が言った。

時吉が鍋を振るたびに、黄金色に染まった焼き飯が躍る。

醤油を回し入れると、香ばしい匂いがぱっと漂った。

さらに鍋を振る。

焼き飯が躍る。

仕上げに胡麻油をたらし、また小気味よく鍋を振れば、のどか屋自慢の焼き飯の出来上がりだ。

「お待たせいたしました」

おけいが膳を運んできた。

「おお、来た来た」

武家が身を乗り出した。

「今日はことのほか豪勢ですね」

その弟子の瞳が輝く。

ほどなく、匙と箸が競うように動きだした。

四

その日の二幕目は、座敷がにぎやかになった。

目出鯛三と灯屋のあるじの幸右衛門、それに、絵師の吉市と戯作者《げさくしゃ》の二代目為永《ためなが》春水《しゅんすい》もいた。

「元の紙を書きはじめたところで」

千吉が伝えた。

「さようですか。それはありがたいです」

幸右衛門が軽く両手を合わせた。

「まだこちらには来ませんな」

いくらか腰が引けた様子で、目出鯛三が言った。

「紙がだいぶたまりませんと」

千吉がそう答えたから、書物に仕立てる男は少しほっとしたような顔つきになった。

「三冊目もどうかよろしゅうに」

幸右衛門が頭を下げた。

「はい。膳立てを思案しながら気張ってやります」

千吉が答えた。

「せがれも気が入っているようなので」

厨で手を動かしながら、時吉が言った。

「頼もしいかぎりです」

灯屋のあるじが笑顔で言った。

「春水先生も、戯作と諸国本をどうかよろしゅうに」

幸右衛門がそう言って酒をついだ。

「まあ、ぼちぼちやっていますので」

二代目為永春水が答えた。

先代の名を襲《おそ》ったばかりのころより、心なしか貫禄が出てきた。

ここで肴が出た。

「鮑《あわび》の酒醬油焼きでございます」

千吉が皿を置いた。

「こちらは穴子の山椒《さんしょう》焼きで」

時吉も続く。

「さすがは親子がかりの日ですな」

目出鯛三が目を細くした。

鮑の身を薄いそぎ切りにして、酒醬油につけながら網焼きにする。

酒と醬油は同じ割りだ。

これでこたえられない酒の肴になる。

穴子の山椒焼きはひと手間かかる。

醬油一、味醂二の割りで煮詰めた焼きだれをつくり、白焼きした穴子にかけながら焼く。

焼きあがったら金串を抜いて切り、身のほうに粉山椒を振る。

これまた酒の肴にはもってこいだ。

「こりゃあ、酒が進みますな」

目出鯛三が言った。

「ご執筆のほうも進みましょう」

灯屋のあるじがそう言って酒をついだ。

「いやあ、いろいろ抱えておりますと、ははは」

狂歌師は笑ってごまかした。

「春水先生は戯作の取材でほうぼうを旅されるとか。ならば、『諸国料理春秋』のほうもいかがでしょう」

幸右衛門は矛先《ほこさき》を変えた。

「ああ、それはよろしいですね」

絵師の吉市が言った。

「さすがに一人では」

二代目為永春水は首をひねった。

「それなら、こちらの二代目と共著でいかがでしょう」

灯屋のあるじは千吉のほうを手で示した。

千吉には前に声をかけている。二人でやれば進むのではないかという皮算用だ。

「ああ、それでしたら、ぼちぼちやらせていただきますよ」

千吉が乗り気で言った。

「急ぐ仕事ではありませんので、旅の楽しみのついでに」

灯屋のあるじが笑みを浮かべた。

「承知しました。では、まあ、折にふれて」

戯作者の腰が上がった。

「『諸国料理春秋』でしたら、絵も描きたいです」

吉市も手を挙げた。

「そりゃあ望むところで。これも千部いきましょう」

幸右衛門が両手をぱんと打ち合わせた。

五

しばらく経った中食に、縁屋のあるじの源太が顔を見せた。

「まあ、縁屋さん、あかりちゃんはいかがですか？」

おちよがさっそく子猫の様子を訊いた。

「おかげさんで、達者にしてますよ。近所に乳母猫もいて、乳をもらってるんで」

提灯屋のあるじが笑顔で答えた。

「それはよかったです」

おちよは笑みを返した。

茸の炊き込みご飯に秋刀魚の蒲焼き、それに具だくさんのけんちん汁。いつもながら食べでのある膳だ。

ちょうどのどか屋から猫をもらった植木の職人も来ていたから、猫談議の花が咲いた。

「やっぱり猫がいると違いまさ」

源太が言った。

「家が明るくなりましょう?」

と、植木職人。

「そのとおりで。死んだ猫と同じ柄なので、ほんとに生まれ変わりみてえで」

縁屋のあるじはそう言って、茸の炊き込みご飯を口に運んだ。

舞茸、平茸、占地《しめじ》。

今日の茸はその三種だ。茸は三種をまぜて使うと、互いの味が響き合ってことのほかうまくなる。

名脇役が油揚げだ。

茸の味を吸ってくれるから、炊き込みご飯には欠かせない。いくらかお焦げをつくると、さらに香ばしくて美味だ。

「そりゃあ何よりで。うちのも長生きしてくれりゃあいいんすが」

植木職人が言った。

「猫のおかげで寿命が延びたんで、一緒に長生きをと」

源太はそう言って、また箸を動かした。

ほどなく、膳はきれいに平らげられた。

今日はいい日和だ。表の大きな酒樽の上で、こゆきと雪之丞、それに二代目のどかが日向ぼっこをしている。

「あかりの弟も達者そうだな」

勘定を終えた源太が言った。

「ええ。雪之丞という名で」

そろそろ客を止めに出てきたおちよが伝えた。

「そうかい、いい名をもらったな」

縁屋のあるじが目を細めた。

「みゃ」

たびが酒樽を見上げて短くないた。

おのれも乗りたいようだが、さすがにもう一杯だ。

「あとで空いたらまぜておもらい」

おちよが言う。

たびは仕方ないにゃとばかりに前足であごのあたりをかきだした。

「なら、また来まさ」

源太が右手を挙げた。

「はい、お待ちしております」

おちよが笑顔で答えた。

「達者でな、あかりのおっかさんと、そのまたおっかさん」

猫たちに声をかけると、縁屋のあるじはのどか屋を後にした。

六

二幕目には日和屋のあるじの子之助がのれんをくぐってきた。

粉と砂糖の仕入れのついでに立ち寄ってくれたらしい。日和屋は猫屋だが、団子や餅や汁粉《しるこ》といった甘味も評判だ。いい粉や豆を使い、しっかりと下ごしらえをしているからこその味だ。

「雪之丞という名にしました」

千吉が子猫を手で示して言った。

「それはそれは、役者みたいな名で」

子之助が笑みを浮かべた。

「首紐はおっかさんのこゆきが目の色に合わせた青なので、この子は凜々しい銀色に」

おちよが言った。

「よく似合います。尻尾にだけ黒い縞模様が入っているのもおっかさん譲りですね」

日和屋のあるじが言った。

「いつも一緒で、仲良しで」

おちよが唄うように言った。

ここで肴が出た。

平目《ひらめ》の造りと、占地の酒蒸しだ。

そぎ切りにした平目は土佐醤油が合う。占地は一本ずつほぐして酒醤油につけてから蒸す。これでなかなかに小粋な肴になる。

「うちのちさも達者にしておりますよ」

子之助がそう言って、猪口の酒を呑み干した。

「さようですか。小太郎の分まで長生きしてほしいですね」

おちよが感情をこめて言った。

ほどなく、万吉とおひなが猫じゃらしを振りだした。

「もうちょっと遠くからやったほうがいいね。……ほら、こんなふうに」

子之助が手本を見せた。

「じょうず」

おひなが感心の面持ちになった。

「そりゃ、猫屋さんだから」

おようが笑みを浮かべた。

「猫屋さんに行ってみたいか？」

千吉がたずねた。

「うん、行く」

万吉がすぐさま答えた。

「それはぜひ、みなさんでお越しくださいまし」

日和屋のあるじが笑顔で言った。

「この子たちの学びにもなるから、行きましょうか」

おようが水を向けた。

「なら、次の休みの日にでも。おひなは長く歩けないから抱っこしなきゃいけないけど」

千吉が答えた。

「万吉は歩ける？」

おようがたずねた。

「うんっ」

いい声が返ってきた。

「いざとなったら駕籠も使えるから。みなで行ってらっしゃい」

おちよが言った。

「人も猫も、総出で歓待いたしますよ」

子之助がそう言って、また巧みに猫じゃらしを振った。

子猫の雪之丞も、母猫のこゆきも、競うように前足を動かした。

第十章　あんころ餅と餡巻き

一

「よし、もうちょっとだから歩け」

千吉がそう言って、抱っこしていたおひなを地面に下ろした。

「きばれ」

兄の万吉が妹に声を送る。

横山町ののどか屋から上野黒門町まで、わりかた歩くが、万吉はしっかりとおのれの足で歩いてきた。

今日ののどか屋は旅籠だけで、小料理屋は休みだ。千吉とおようは二人の子をつれて、これから日和屋へ向かうところだった。

「うん」

おひなはこくりとうなずいて歩きだした。

ほどなく、うしろから三人の娘に追い越された。

「今日はどの子と遊ぼうかしら」

「お餅とお団子も楽しみ」

「あんまり食べたら太っちゃうけど」

楽しそうに語らいながら歩く。

「そちらも日和屋さんですか？」

おようが声をかけた。

「ええ」

「よく行ってるんで」

「いつも楽しみにしてます」

娘たちは屈託なく答えた。

「日和屋さんには、うちから里子に出した子がいるんで」

千吉が得意げに言った。

「へえ、何ていう名前です？」

いちばん背の高い娘がたずねた。

「ちさちゃん」

おようが答えた。

「わあ、わたしのいちばんのお気に入り」

「へえ、ちさちゃんの実家さんなんですね」

「それはそれは」

娘たちは笑顔になった。

「今日は子供たちが初めて日和屋さんに」

おようが言った。

「うん、楽しみ」

万吉の笑顔が弾けた。

二

「ようこそお越しくださいました」

頭に鼠のお面をのせた男が出迎えた。

日和屋のあるじの子之助だ。

「猫はとりどりにおりますので。お飲みものと食べものも」

おかみのおこんが壁のほうを手でしめした。

こちらは狐のお面だ。

むぎゆ
おしるこ
せんちゃ
みたらしだんご
あんだんご
きなこもち
あんころもち

そんな貼り紙が出ている。

「猫さんの似面《にづら》もあるのね」

おようが言った。

「ほんとだ。前はなかったよ」

と、千吉。

「紹介があったほうがいいかなと思って、絵師さんに描いてもらったんです」

子之助が言った。

どれもかわいく描けている。

ちさの似面にはこう記されていた。

ちさ

めす　十さい

あまえんばう

すきなもの　にぼしとおかか

おこんがそのちさを運んできた。

「うーみゃ」

ちさがなく。

「ようそって言ってます」

日和屋のおかみが笑った。

「達者そうだね」

千吉が言った。

「たっしゃ、たっしゃ」

おひながおうむ返しに言う。

ちさがおようのひざにひょいと乗った。

「いい子ね」

おようはちさの首筋をなでてやった。


ごろごろ、ごろごろ……

猫が気持ちよさそうにのどを鳴らす。

「小太郎の分まで長生きするんだよ」

千吉もなでてやった。

「ながいき、ながいき」

おひなもそう言って背中をなでた。

「そうそう、やさしくね」

おようが目を細めた。

奥のほうでは、三人組の娘が毛の長い猫をなでていた。

「くわー」

あまり見かけない毛色の猫が妙な声でなく。

「わあ、かわいい」

「ふさふさね」

「ちょっと抱っこさせて」

娘たちは大喜びだ。

「あの子もいい」

万吉が指さす。

「じゃあ、あとで」

おこんが笑顔で言った。

「うん」

万吉がうなずく。

「食べものはどうだ？」

千吉が訊いた。

「じゃあ、お餅とお汁粉」

三代目が元気よく答えた。

「お餅はきなこ餅とあんころ餅があるけど」

と、およう。

「どっちも」

万吉はすぐさま手を挙げた。

「おひなは大きい餅だと食べにくいな」

千吉が娘を見た。

「お団子のほうがいいかも。ゆっくりかんで食べれば」

おようが言った。

「よし、なら、注文だ」

千吉が両手を小気味よく打ち合わせた。

三

汁粉と甘味が来た。

「一つずつゆっくりね」

およういがみたらし団子を外して皿にのせた。

「うん」

おひながうなずく。

ちさは請われて三人娘のほうへ移っている。さすがは人気の猫だ。

「どれからにしよう」

万吉の瞳が輝いた。

きなこ餅とあんころ餅、それに汁粉。

どれもおいしそうだ。

「はい、では、親御さんにも」

子之助が盆を運んできた。

注文したのは同じものだ。

「ありがたく存じます」

「おいしそうですね」

のどか屋の二人が受け取った。

「おいしいっ」

まずきなこ餅を食した万吉が声をあげた。

「餡がちょうどいいわね」

あんころ餅を口に運んだおようが言う。

「甘すぎないところがちょうどいい」

千吉もうなずく。

「いらっしゃいまし」

おこんの明るい声が響いた。

入ってきたのは常連とおぼしい隠居風の二人の男だった。

老若男女を問わず、日和屋の猫は愛されているらしい。千客万来《せんきやくばんらい》だ。

ややあって、おひながみたらし団子を食べ終えた。

「ほっぺたに餡がついてるわね。拭いてあげましょう」

おようが手拭きを取り出した。

「汁粉もうまかったな」

千吉が万吉に言った。

「うん。次は猫」

万吉が毛のふさふさした猫を指さした。

「よし。なら、呼んでこよう」

千吉が立ち上がった。

四

「くわー」

青みがかった毛色の猫がないた。

貼り紙にはこう記されている。

るり（瑠璃）
めす　八さい
ぴょんぴょんとぶ

すきなもの　ねこじやらし

「この子は、あそこからあそこまで軽々と跳びます」

おこんが壁際に置かれたものを手で示した。

猫塔とでも称すべきものが二台据えられている。それぞれの塔には互い違いに棚がしつらえられており、猫たちがひょいひょいと上り下りしたり、塔で爪とぎをしたりできるようになっていた。すべて子之助の手づくりだ。

「それはすごいですね」

おようが言った。

二台の猫塔はだいぶ離れているが、るりは軽々と跳ぶらしい。

「猫によって得手不得手はありますものね」

千吉が言った。

「ええ。この子はむぎと言うんですが、猫塔の上り下りが不得手で、いつもじたばたしています」

日和屋のあるじが笑って茶白の猫を指さした。

「うちののどかに似てる」

万吉が言った。

「まあ、よくいる猫だからな」

と、千吉。

「でも、この子は珍しいわね」

るりを抱っこしたおようが言った。

「猫じゃらしを振ってあげてください」

おこんが万吉に猫じゃらしを渡した。

棒にひらひらした色とりどりの帯がいくつも結わえつけられている。

「うんっ」

万吉はすぐさま猫じゃらしを振りだした。

帯ばかりではない。鈴もついている。わらべの手が動くたびに、鈴がしゃらしゃらと鳴る。

「ほら、取られちゃうよ」

おようが言った。

「しっかり」

おひなが兄に声援を送る。

るりばかりではなく、ほかの猫たちも手を出してきた。

「この子は大きいわね」

おようが指さす。

「ふじという名です。大きいのでその名にしてみました」

おこんが笑みを浮かべた。

るりと同じく毛が長い猫だが、色はおおむね白い。頭に雪を戴いた富士のお山のような貫禄がある。

「はいっ、はいっ」

万吉が猫じゃらしを動かす。

るり、むぎ、ふじ。

猫たちが競うように前足を動かす。

そのたびに、見ていたほかの客まで笑顔になった。

五

「外では振っちゃ駄目よ」

おようが万吉に言った。

土産に猫じゃらしを買い、日和屋を出て次の場所へ向かうところだ。

「うん」

万吉はやや不承不承に振るのをやめた。

「もうちょっとだからね」

おようがおひなに言った。

「帰りは駕籠にするからな」

千吉も言う。

おひなはこくりとうなずいた。

ほどなく、のれんが見えてきた。

「あ、やってるよ」

千吉は笑みを浮かべた。

「ここはおとうが修業をしたお見世だからね」

おようが言う。

のどか屋の一行が次に向かったのは、千吉が「十五の花板」をつとめた紅葉屋《もみじや》だった。

「わあ、いちだんと背が伸びて立派になったね」

千吉が厨に立っている二代目に声をかけた。

おかみのお登勢《とせ》の息子の丈助《じょうすけ》だ。

千吉より四つ下だから、もう十七歳になった。

「もうわたしよりずっと高いので」

お登勢が笑みを浮かべた。

かつては時吉と料理の腕くらべで競い合った女料理人だ。

「腕もなかなかのものだよ」

座敷に陣取った男が言った。

すぐそこの薬種問屋、鶴屋《つるや》の隠居の与兵衛《よへえ》だ。

もともとおのれの隠居所の代わりにするつもりで紅葉屋の後ろ盾になった。さりながら、料理が評判で、隠れ家のように通ってくる常連も多い。

「将棋盤もあるし、ここは落ち着くのでね。肴もうまいし」

与兵衛のつれが言った。

陶器の絵付け職人の重蔵《しげぞう》だ。紅葉屋でよく将棋も指している。

「なら、その腕を見せておくれよ」

千吉が丈助に言った。

「承知しました」

紅葉屋の二代目が引き締まった顔つきで答えた。

「お子さんには餡巻きができますが」

お登勢が水を向けた。

「わあ、餡巻き、食べる」

万吉がすぐさま手を挙げた。

「お餅もお団子も食べたのに、まだ食べるの」

と、およう。

「うんっ」

万吉は力強くうなずいた。

「おひなちゃんは、おかあと分けっこしようか」

およう が言った。

「うん」

おひなもうなずく。

ややあって、肴ができた。

秋刀魚とおぼろ昆布の造りだ。

秋刀魚は三枚におろして腹骨を取り、薄皮をむいて細造りにする。

器に昆布を敷き、秋刀魚とおぼろ昆布と薬味を混ぜ合わせる。

昆布を敷くのは工夫で、秋刀魚の水気を吸い取り、逆にうま味を与えてくれる。

薬味は小口切りの葱、せん切りの青紫蘇、それに、みじん切りの生姜だ。

付け合わせのほうれん草の塩茹でと土佐酢を添えれば、小粋な肴の出来上がりだ。

「おいしいよ」

食した千吉が笑みを浮かべた。

「ありがたく存じます」

丈助が軽く頭を下げた。

「この料理なら、そのうち番付に載るよ」

鶴屋の隠居が太鼓判を捺《お》した。

「いえいえ、まだまだで」

紅葉屋の二代目が手を振った。

「あ、ねこさん、きた」

おひなが指さした。

「のどかにそっくりね」

おようが笑みを浮かべる。

「子と一緒なんだ」

千吉が指さした。

姿を現わしたのは三代目のどかだった。

二代目のどかの子で、そっくりな色と柄だからその名がついた。

雌だからいくたびもお産をしている。そのたびに紅葉屋の客などに里子に出してきた。なかには日和屋に行った猫もいる。

「この子はだれときょうだい？」

おようが三代目のどかを手で示した。

「うちのふくの妹だね。あとは、力屋さんのやまとも。大和梨川藩の猫侍もいたね」

千吉が思い返して答えた。

「みんな猫縁者ね」

おようが笑みを浮かべた。

「この子の名は？」

千吉が生まれて半年くらいの猫を指さした。

「音吉《おときち》です。お菓子の風月堂《ふうげつどう》音吉さんから名をいただいて」

お登勢が答えた。

「ああ、それはいい名で」

千吉がうなずいた。

「えらいわね、三代目さん」

おようが言う。

「うみゃ」

三代目のどかが得意げにないた。

お登勢が餡巻きをつくりだした。

二本の金製の箆《へら》を使って器用に巻いていく。紅葉屋に餡のいい香りが漂いだした。

「わあ、できた」

万吉が声をあげた。

「はい、熱いから気をつけて」

お登勢が笑顔で皿を渡した。

「うん」

万吉はすぐさま息を吹きかけだした。

おようとおひなの分もできた。

「切りましょうか」

お登勢が気づかう。

「そうですね。この子は少しでいいので」

おようが答えた。

「承知しました」

紅葉屋の女あるじは篦を使って手際よく餡巻きを切った。

ふうふうとおようが息を吹きかけてさましてやる。

「これくらいでいいわね。ゆっくりよくかんで食べるのよ。麦湯もあるからね」

おようが言った。

「うん」

おひながうなずく。

丈助は松茸の天麩羅を揚げだした。

「いつもながら、いい音だね」

座敷から与兵衛が言った。

「これも料理のうちで」

重蔵がそう言って酒をつぐ。

「おいしいね」

万吉がおひなに言った。

仲のいいきょうだいだ。

おひなはこくりとうなずき、また小さな口を動かしだした。

天麩羅が揚がった。

油をしゃっと切るしぐさもなかなかにいなせだ。

お登勢と手分けして客に供する。

「揚げたてだからおいしそう」

おようが少し身を乗り出した。

「さっそくいただくよ」

与兵衛がそう言って、松茸の天麩羅を天つゆにつけて口に運んだ。

「いただきます」

千吉も続く。

「食べ終わった？」

おようがおひなに訊いた。

三つの娘が笑顔でうなずいた。

「秋がぎゅっと詰まった味だね」

与兵衛が満足げに言った。

「うまいことを言いますな」

重蔵が笑みを浮かべた。

「万ちゃんも天麩羅食べる」

万吉が言った。

「まだ食うのか」

千吉があきれたように言った。

「うん。天麩羅食べたい。それから……」

万吉は少し間を置いてから続けた。

「厨もやりたい」

丈助の働きぶりに打たれたのかどうか、三代目はそんなことを言いだした。

「厨はまだ背丈が足りないから無理よ」

おようが言った。

「床几にでも座って見るだけならできるんじゃないか？」

与兵衛が言った。

「そうそう。おとうの働きぶりを見るだけでも学びになるから」

重蔵も言う。

「なら、明日は早起きだぞ」

千吉が言った。

「うんっ」

万吉は気の入った返事をした。

ほどなく、また松茸の天麩羅が揚がった。

万吉とおようにも供される。

「お待たせしました」

紅葉屋の二代目がていねいに料理を出した。

ややおぼつかない箸づかいで、万吉が松茸の天麩羅をつまんで天つゆにつけ、口中に投じ入れた。

「おいしい」

先に食したおようが言う。

「どうだ？」

千吉が訊いた。

「……おいしいっ」

少し間を置いて、万吉は満面の笑みで答えた。

六

「おっ、何でえ、三代目は修業か？」

なじみの大工衆の一人が言った。

翌日の朝膳だ。

のどか屋の厨の隅に据えられた床几の上に、万吉がちょこんと座っている。

「厨に入りたいと言ったそうで」

豆腐飯の手を動かしながら、時吉が言った。

「背丈が足りないので、まずは見るところから」

千吉も言う。

「そりゃ、見るだけで学びになるぜ」

「頼もしいじゃねえか」

「これでのどか屋も安泰だ」

そろいの半纏姿の大工衆が言った。

「眠くないか、坊」

泊まり客の一人が万吉にたずねた。

「ちょっと眠い」

万吉が包み隠さず答えたから、のどか屋に和気が漂った。

「そりゃ、しょうがねえや」

「跡継ぎになったら、魚河岸の仕入れとかもあるからよ」

「ちょっと気が早いぜ」

大工衆がさえずる。

「それにしても、ここの豆腐飯はおいしいね。よその宿には泊まれないよ」

折にふれてあきないで泊まってくれる男が言った。

「おいらもそうで。江戸の定宿はのどか屋に決めてまさ」

べつの客が言った。

「ありがたく存じます」

おちよが笑顔で頭を下げた。

「この先も気張ってやりますんで」

千吉も続く。

「そのうち三代目も厨に立つし、万々歳だな、あるじ」

常連客が時吉に言った。

「わたしはもう隠居で」

時吉は笑みを浮かべた。

「長吉屋もあるし、まだまだ気張ってもらわないと」

おちよがすかさず言った。

「おっ、眠そうだな、三代目」

朝膳を食べ終えた大工衆の一人が言った。

早起きした万吉は眠そうだ。

「厨で手を動かさなくても、お客さまの見送りがあるぞ」

千吉が言った。

「ありがたく存じました、と元気よく言うの」

おちよが教えた。

「ありがたいという心持ちを表に出すんだ」

時吉も言う。

「おう、おれら帰《けえ》るから、やってみな」

「うまかった。また来るぜ」

「うめえ豆腐飯を出してくんな」

大工衆が口々に言った。

「あ、ありがたく、ぞんじましたあ！」

床几から下りた万吉が大声で言った。

「よし、それでいいぞ」

千吉が父の顔で笑った。

終章　紅葉ちらしと歌仙《かせん》

一

紅葉が美しい季になった。

野や山に行楽に出るには、春と並んでいちばんいい時季だ。

のどか屋には、紅葉見物の弁当の注文がいくつか入った。千吉は思案をし、腕によりをかけて弁当をつくった。

その一つは大和梨川藩の面々のものだった。

「お待ちしておりました」

おちよが笑顔で出迎えた。

「忙中閑《ぼうちゅうかん》あり、今日は飛鳥山《あすかやま》の紅葉見物で骨休めだ」

筒堂出羽守が言った。

「ええ日和になりましたな」

兵頭三之助がそう言って、弁当の包みを手にした。

二段重ねになっているから、稲岡一太郎と手分けして運ぶ。お忍びの藩主も大徳利を手にした。

「だいぶ大きくなりましたね」

稲岡一太郎が座敷で母猫と一緒にいる子猫を指さした。

「ええ。雪之丞という名にしました」

中食の支度をしながら、千吉が告げた。

「そら、役者みたいや」

将棋の名手が笑みを浮かべた。

「うちの里子には殿が名を」

二刀流の達人が言う。

「さようですか。どんな名でしょう」

おちよがたずねた。

「こゆきの子の雌ゆえ、幸いに美しいと書いて幸美《ゆきみ》という名にした」

お忍びの藩主が答えた。

「まあ、いい名を頂戴しました」

おちよの顔がぱっと晴れた。

「白猫ではないが、雪見ともかけてある」

筒堂出羽守が言った。

「里子はいい名をもらったよ、こゆき」

千吉が母猫に言った。

「みゃあ」

なぜかその親の二代目のどかがないたから、のどか屋に和気が漂った。

二

その日の中食の顔は紅葉ちらしだった。

弁当のためにつくろうとしたのだが、せっかくだから多めにこしらえ、中食の顔にした。

千吉は『続々料理春秋』のための帳面にこう記した。

もみぢちらし
にんじんとかんしよをもみぢのかたちにくりぬく
これをにて、ちらしずしの具に
きんしたまご
あをな
かんぴやう
しひたけ
でんぶ
色とりどりにはなやかに

これに豆腐汁と刺身をつけた。

秋らしい心弾む膳だ。

「おう、飯で紅葉見物かよ」

「小粋じゃねえか」

なじみの左官衆が言った。

「食ってもうめえぜ」

「酢飯だけでもうめえ」

先客が言う。

「これは弁当にもできるか」

剣術指南の武家がたずねた。

「明日は野稽古なので」

その弟子が言った。

「できますよ。もともと紅葉見物のお弁当のために思案したので」

千吉が厨から答えた。

「ならば、ほかの弟子も来るから、四人前頼む」

武家は指を四本立てた。

「承知いたしました。中食の前にご用意いたします」

千吉が明るく言った。

「楽しみですね」

門人が表情をやわらげた。

「おう。徳利も頼むぞ」

武家が言った。

「はい、承知で」

千吉がいい声で答えた。

三

二幕目――。

珍しい客がのれんをくぐってきてくれた。

「まあ、ご無沙汰しております」

おちよの顔がぱっと晴れた。

「大変ご無沙汰で」

笑顔でそう言ったのは、産科医の青葉羽津だった。

おちよが千吉を産むとき、早産でずいぶんと冷や汗をかいたが、母子の命を救ってくれたのが羽津だ。おちよにとっては命の恩人といえる。

「今日は往診で？」

おちよがたずねた。

「いえ、薬の仕入れがてらで。診療所は弟子の綾女に任せてあります」

江戸でも指折りの女産科医が答えた。

髪はすっかり白くなったが、肌つやも顔色もいたっていい。患者たちから全幅の信頼を寄せられている女医だ。

「うちの里子はいかがでしょう。つとめを果たしておりますか」

千吉が厨からたずねた。

「ええ。療養の友を気張ってくれていますよ」

羽津が笑みを浮かべた。

「それは何よりですね」

座敷でおひなと絵双六《すごろく》で遊んでいたおようが言った。

「うちの子猫もだいぶなじんできました。雪之丞という名で」

千吉が伝えた。

いまは母猫のこゆきではなく、ふくとろくの兄弟とともに絵双六を見ている。どうやら賽子《さいころ》が転がるのが面白いらしい。

「まあ、それは凛々しい名で」

羽津が表情をやわらげた。

ややあって、料理ができた。

何かお茶に合う軽いものをという所望に応えて千吉がつくったのは、蓮根《れんこん》煎餅だった。

蓮根は花のかたちに切り、水にさらしておく。

水気を切ったら笊に広げて乾かす。このあたりはもう仕込み済みだ。

これをじっくり揚げる。色がつきすぎないくらいに揚げたら、一気にすくい上げて油を切り、抹茶塩を振る。

「これ、駄目よ、ろく」

おようが手を出そうとした猫に言った。

「だめよ」

おひなも言う。

雪之丞は小首をかしげて絵双六の盤面を見ていた。母猫と同じ青い目だから、銀色の首紐がよく映える。

「かりっと揚がってるわね。抹茶塩もおいしい」

羽津が満足げに言った。

「お茶漬けにのせてもおいしいですよ。いかがでしょう」

千吉が水を向けた。

「勧め上手ね。では、お茶碗に軽めにいただきましょうか」

羽津が笑みを浮かべた。

「承知しました。いまつくります」

のどか屋の二代目がいい声で答えた。

四

その日は隠居の療治の日に当たっていた。

「まだ来ていないね」

いつものように、先に大松屋の内湯につかってきた季川が言った。

「ええ。そろそろ見えると思いますけど」

おちよが答えた。

今日は千住から季川の古いなじみの俳諧師、高原正玄《たかはらしょうげん》が来ることになっている。

「歌仙なら、療治を受けながらでも巻けるからね」

隠居が乗り気で言った。

「気合が入ってますね、師匠」

俳諧の弟子のおちよが言う。

「久々だから」

季川は笑みを浮かべた。

ややあって、按摩の良庵と女房のおかねが姿を現わした。

「はいはい、どいてね」

座敷に敷いた座布団の上で団子になっていた猫たちに、おかねが言った。

二代目のどか、こゆき、それに、新参の雪之丞。

三代がそろっている。

支度がおおむね整ったところで、外から声が響いてきた。


えっ、ほっ……

えっ、ほっ……


駕籠屋の掛け声だ。

「あっ、見えたわね」

おちよが表に出た。

近場の駕籠屋とは違った。

丸に千。

鉢巻きにそう染め抜かれている。千住から来た駕籠だ。

「お待ちしておりました」

おちよが頭を下げた。

「遅くなりました。世話になります」

駕籠から降り立った俳諧師が笑みを浮かべた。

こうして、役者がそろった。

五

「なら、こんな恰好で悪いんだがね」

座敷で腹ばいになった季川が言った。

「いえいえ、じっくり療治をしてください」

高原正玄が答えた。

季川よりひと回りほど年下で、顔の血色が良く達者そうだ。

すでに手土産を渡してある。千住宿の老舗の羊羹《ようかん》だ。

「歌仙の清記《せいき》はわたしがやりますので」

おちよが一枚板の席に紙と筆と硯《すずり》を運んできた。

「あとで天ざる蕎麦をお出しします」

千吉が厨から言った。

「それは楽しみだね」

療治を受けながら、季川が言った。

それからしばらく、千住宿の話になった。

のどか屋ともゆかりの深い旅籠の柳屋《やなぎや》は繁盛しているらしい。住み込みで働いているおもんと息子の宗兵衛《そうべえ》も達者だということだ。

「宗兵衛ちゃんの足はどうなんでしょうね」

千吉がふと思い出したように言った。

「ああ、このあいだ足をくじいて名倉《なぐら》にかかってね。その折に訊いたら、だいぶ良くなってきているという話だったよ」

正玄が答えた。

「それは良かったです」

千吉は笑顔になった。

宗兵衛の足は生まれつき曲がっていたが、江戸じゅうに評判が轟《とどろ》き、多くの患者が訪れる名医の名倉の骨つぎの若先生の治療を受けてだいぶ良くなってきたようだ。若先生が編み出した道具を足に装着してじっくり治していくやり方は、ほかならぬ千吉もかつて受けていた。その甲斐あって、いまでは普通に走れる。

ほどなく、歌仙の支度が整った。

「では、発句をお願いします、師匠」

おちよが言った。

「さて、どういう句がいいかねえ」

季川が思案する。

「秋のきれいな景色が見えるような句がいいかもしれませんね」

療治を続けながら、良庵が言った。

人生の途中までは目が見えていたから、美しい景色は頭に残っている。

「居ながらにしてほうぼうを見物できればと」

おかねも注文を出した。

「分かったよ。景色で行こう」

隠居は笑みを浮かべた。

いくらか思案してから、季川は発句を発した。

海山に御恩《ごおん》の光秋の空

「ずいぶんと広いですね」

おちよが笑みを浮かべて紙に書きとめた。

「さあ、付けておくれ、おちよさん」

季川が言った。

「さあ、どうしましょう」

おちよはしばしあごに指をやってから、付け句をしたためた。

光を弾き川は流れる

こうして、歌仙が始まった。

六

いくらか進んだところで、療治が終わった。

「楽になったよ。これも縁だから、歌仙に入ってみたらどうだい」

季川が按摩に水を向けた。

「いえいえ、不調法なもので」

良庵はあわてて手を振った。

「おかねさんはいかがです？」

おちよが言う。

「とてもとても。次へ行かなきゃなりませんし」

おかねは笑って答えた。

「きれいな景色が浮かびましたよ」

良庵が感慨深げに言った。

というわけで、季川、おちよ、正玄の順で歌仙が巻かれることになった。

海山に御恩の光秋の空　季川
光を弾き川は流れる　ちよ
行く先は海か湊か大筏　正玄
心も届く品の数々　季川
日の本の秋に行きかふ船いくつ　ちよ
津々浦々に実る柿なり　正玄

そこまで進んだところで、外で遊んでいた万吉が帰ってきた。

ちょうどおひなもおようとともに二階から下りてきた。学びにもなるから、今日は絵双六ではなく盤双六で遊ぶことになった。

一枚板の席は一献《いっこん》傾けながらの歌仙、座敷は盤双六。

そういう棲み分けになった。

「はい、鰭天、揚がりました。茸や野菜もどんどん揚げますので」

千吉が料理を出した。

「では、味わいながら歌仙を」

正玄がさっそく箸を伸ばす。

「どうぞ」

おちよが季川に酒をついだ。

「なら、秋の恵みのほうでつなげるかね」

隠居の白い眉がやんわりと下がった。

「それはぜひ」

おちよが笑みを浮かべた。

海さんま山は松茸はたしめじ　季川
忘るるまいと川の落ち鮎　ちよ
塩焼きよし刺身もうまき秋刀魚なり　正玄
松茸ならばまづは天麩羅　季川
はふはふと口福の味広がれり　ちよ
海山の幸ここにきはまる　正玄

「まさにそうだね」

隠居が笑みを浮かべた。

鱚に続いて松茸と舞茸の天麩羅も揚がった。

さらに、甘藷が心地いい音を立てはじめた。

料理を賞味しながらの歌仙はなおも続いた。

七

「あっ、六が二つ」

万吉が声をあげた。

「いい目が出たわね。どう動かす？」

おようが訊いた。

「うーん……」

五つのわらべは首をひねった。

「おひなちゃんも思案してごらん。六つずつか、足して動かすか」

おようは娘を見た。

「足したら相手の駒に当てられるよ」

甘藷の天麩羅を運んできた千吉が、ちらりと見て助け舟を出した。

「あっ、そうか」

万吉が気づいた。

兄が動かしてみせると、おひなも笑みを浮かべた。こうやって遊びながら数を学ぶことができる。

「こちらの残りも六と六だね」

紙を見ていた季川が言った。

その後の歌仙はこう続いていた。

それぞれの味にのれんや江戸の町　季川
やさしく揺するけふの秋風　ちよ
川あればどこかに橋や鰯雲　正玄
雨上がりには虹の架け橋　季川
あの世にもこの世にも夢の駕籠は行き　ちよ
帰る夕べの灯りあたたか　正玄
くきやかに軒提灯に「の」の一字　季川

宿も食事もけふものどか屋　ちよ
猫がゐてわらべもゐをり秋座敷　正玄
心にしみる燗酒の味　季川
天麩羅の次々揚がるめでたさよ　ちよ
楽しく響くこの笑ひ声　正玄

「では、そろそろ締めに向かってまいりましょう」

おちよが言った。

「二代目と若おかみもどうだい。年寄りは疲れてきたよ」

隠居が白くなった髷に手をやった。

「わたしも同じです」

正玄が笑みを浮かべる。

「だったら、一句ずつね」

おちよが指を一本立てた。

「わたしから？」

千吉がおのれの胸を指さした。

「そう。何でもいいから」

と、おちよ。

「うーん、なら……」

千吉はあごに手をやった。

「浄土あり人にも猫にも……えーと、どうしよう」

おちよの顔を見る。

「人にあらば猫にもあらんねこ浄土、とか」

おちよがすぐ直した。

「さすが」

と、千吉。

「なら、次はまたわたしね」

おちよはしばし思案してから付け句を発した。

「いまふりそそぐ秋の光よ……お次はおようちゃんね」

おちよは若おかみを手で示した。

「はい。うーん……」

おようはこめかみに指を当てた。

座敷を見る。

万吉とおひなが盤双六でなおも遊んでいた。

兄が教えてやっている。

「人生は双六のごと進みゐて……と、そんな感じで」

おようはそう言ってほっと息をついた。

「いいね。なら、ここから順番に戻って追い込みだね」

季川がそう言って猪口の酒を呑み干した。

八

歌仙はこう続いた。

人にあらば猫にもあらんねこ浄土　千吉
いまふりそそぐ秋の光よ　ちよ
人生は双六のごと進みゐて　よう
行くも帰るも賽の目次第　季川

賽の目に切らるる豆腐けふの汁　ちよ
恵みの味はこのひと椀に　正玄
まづたのむ豆腐飯ありのどか屋は　季川
肴とりどり猫もとりどり　ちよ
久々に来ても変はらぬあたたかさ　正玄

「しょっちゅう来ていてもあたたかいよ」

隠居が笑みを浮かべた。

「それだけが取り柄ですから」

と、おちよ。

「料理もほめてよ」

千吉がそう言ったから、のどか屋に和気が漂った。

「厨に立てるこの料理人、とても付けるかね」

季川がすかさず句を発した。

「うまきものつくりて料理春秋は、で締めましょう」

　おちよが言った。

「書物の『料理春秋』とかけてあるんだね」

　俳諧の師匠が言った。

「お粗末さまで」

　弟子が頭を下げる。

「では、いよいよ挙げ句ですな」

　正玄が腕組みをした。

　ずいぶん揚げた天麩羅だが、残っているのは甘藷と舞茸が少しだけになった。

「決めてくださいよ、正玄さん」

　季川が温顔で言った。

「圧しをかけないでください」

　千住の俳諧師が苦笑いを浮かべた。

「まあ、一杯」

　おちよが酒をつぐ。

　それを呑み干すと、正玄はしばし思案してから挙げ句を発した。

「海山川の幸一堂に……海山の幸が一度出ていますが、まあご容赦を」

正玄は笑みを浮かべた。

「決まったね」

季川が両手を軽く打ち合わせた。

厨に立てるこの料理人　季川

うまきものつくりて料理春秋は　ちよ

海山川の幸一堂に　正玄

それでめでたく歌仙が巻き終わった。

九

「わあ、夕焼けがきれい」

万吉の声が響いた。

「きれい」

おひなも言う。

季川と正玄は、今日はのどか屋に泊まりだ。

歌仙を巻き終えたあとも、座敷に腰を据えて呑んでいる。

「ほんとに浄土があるみたいね」

おちよが瞬きをした。

のどか地蔵にお供えをして、卒塔婆の前で手を合わせ、木々に水をやる。ついでに、近所の猫たちのためにもえさと水を置いておく。いつものつとめだ。

「柿はそろそろ収穫して吊るしましょうか」

おようが訊いた。

「そうね。もう頃合いかと」

おちよは答えた。

「おまえさま、柿はどうしましょう」

おようが見世のほうへ声をかけた。

ほどなく、千吉が手を拭きながら出てきた。

「もう頃合いじゃないかと」

と、およう。

「そうだね。なら、明日にでも穫り入れよう。……ああ、夕焼けがきれいだね」

千吉は空を見上げた。

「ほんと。浄土があるみたい」

おようが瞬きをした。

「じょうど？」

おひなが指さす。

「そうよ。小太郎が遊んでるの。おともだちがたくさんいるから」

同じ夕焼け空を見て、おようが言った。

「ゆきちゃんも、しょうも、ちのも、のどかも、みんないるわね」

おちよがしみじみとした口調で言った。

「ねこ浄土で楽しく暮らしてるから」

千吉がうなずいた。

「そうね。あそこから守ってくれてるわね」

おようが指さした。

「みんな、いるね」

万吉が言った。

「そう、ねこ浄土にみんないる」

千吉がそう答えたとき、時吉が長吉屋から戻ってきた。

「お帰りなさい。ご隠居さんと千住の正玄先生が見えてます。さっきまで歌仙を巻いていて」

おちよが伝えた。

「そうか。では、ごあいさつを」

時吉は足を速めようとした。

「じいじ、夕焼けがきれい」

万吉が空を指さした。

「そうだな。きれいだな」

時吉は足を止めて見た。

「あそこに、ねこ浄土があるみたいで」

千吉が言った。

「ねこ浄土か……あるな」

初代ののどかをふと思い出して、時吉は答えた。

「もう小太郎も着いたわね」

おちよが目をしばたたかせた。

銀と白と黒。

毛並みが美しい猫が元気よく走っている光景がありありと浮かんだ。

「ねこ浄土では、もう悲しいことは起こらないので」

おようが言う。

「そうね。楽しいことばかり」

したたるような夕焼け空をながめながら、おちよが感慨深げに言った。

[参考文献一覧]

野﨑洋光『和のおかず決定版』(世界文化社)
畑耕一郎『プロのためのわかりやすい日本料理』(柴田書店)
田中博敏『旬ごはんとごはんがわり』(柴田書店)
田中博敏『お通し前菜便利集』(柴田書店)
『土井善晴の素材のレシピ』(テレビ朝日)
『一流板前が手ほどきする人気の日本料理』(世界文化社)
『人気の日本料理2　一流板前が手ほどきする春夏秋冬の日本料理』(世界文化社)
志の島忠『割烹選書　秋の献立』(婦人画報社)
鈴木登紀子『手作り和食工房』(グラフ社)
料理・志の島忠、撮影・佐伯義勝『野菜の料理』(小学館)

『復元・江戸情報地図』（朝日新聞社）
日置英剛編『新国史大年表　五－Ⅱ』（国書刊行会）
今井金吾校訂『定本武江年表』（ちくま学芸文庫）

時代小説
二見時代小説文庫

ねこ浄土《じょうど》 小料理《こりょうり》のどか屋《や》 人情帖《にんじょうちょう》41

二〇二四年 七 月二十五日 初版発行

著者 倉阪鬼一郎《くらさかきいちろう》

発行所 株式会社 二見書房
〒一〇一-八四〇五
東京都千代田区神田三崎町二-一八-一一
電話 〇三-三五一五-二三一一［営業］
〇三-三五一五-二三一三［編集］
振替 〇〇一七〇-四-二六三九

印刷 株式会社 堀内印刷所
製本 株式会社 村上製本所

落丁・乱丁本はお取り替えいたします。定価は、カバーに表示してあります。
©K. Kurasaka 2024, Printed in Japan. ISBN978-4-576-24056-5
https://www.futami.co.jp/historical

倉阪鬼一郎

小料理のどか屋 人情帖

シリーズ

以下続刊

剣を包丁に持ち替えた市井の料理人・時吉。
のどか屋の小料理が人々の心をほっこり温める。

① 人生の一椀
② 倖せの一膳
③ 結び豆腐
④ 手毬寿司
⑤ 雪花菜飯《きらずめし》
⑥ 面影汁
⑦ 命のたれ
⑧ 夢のれん
⑨ 味の船
⑩ 希望粥《のぞみがゆ》
⑪ 心あかり
⑫ 江戸は負けず
⑬ ほっこり宿
⑭ 江戸前 祝い膳

⑮ ここで生きる
⑯ 天保つむぎ糸
⑰ ほまれの指
⑱ 走れ、千吉
⑲ 京なさけ
⑳ きずな酒
㉑ あっぱれ街道
㉒ 江戸ねこ日和
㉓ 兄さんの味
㉔ 風は西から
㉕ 千吉の初恋
㉖ 親子の十手
㉗ 十五の花板《はないた》
㉘ 風の二代目

㉙ 若おかみの夏
㉚ 新春新婚《にいめとり》
㉛ 江戸早指南《はやしなん》
㉜ 幸《さち》くらべ
㉝ 三代目誕生
㉞ 料理春秋
㉟ 潮来《いたこ》舟唄
㊱ 祝《いわ》い雛《びな》
㊲ 宿場だより
㊳ 味の道
㊴ 越中なさけ節
㊵ 勝負めし
㊶ ねこ浄土